KB147100

푸른사상
시선
127

중심은 비어 있었다

조성웅 시집

푸른사상
PRUNSASANG

푸른사상 시선 127

중심은 비어 있었다

초판 1쇄 · 2020년 7월 15일 | 초판 2쇄 · 2021년 1월 15일

지은이 · 조성웅
펴낸이 · 한봉숙
펴낸곳 · 푸른사상사

주간 · 맹문재 | 편집 · 지순이, 김수란 | 마케팅 · 김두천
등록 · 1999년 7월 8일 제2-2876호
주소 · 경기도 파주시 회동길 337-16(서패동 470-6) 푸른사상사
대표전화 · 031) 955-9111(2) | 팩시밀리 · 031) 955-9114
이메일 · prun21c@hanmail.net /prunsasang@naver.com
홈페이지 · http://www.prun21c.com

ⓒ 조성웅, 2020

ISBN 979-11-308-1685-2   03810
값 9,000원

푸른사상 시선 127

중심은 비어 있었다

내 세 번째 시집을 소리 내어 읽은 엄마는
'웅아, 내 얘기는 없네'라고 말씀하셨다.
엄마 삶을 기록한 시집을 선물하고 싶었다.

내 삶이 변할 수 있었던 건
아픈 엄마 곁에서 배운 긍정의 힘 때문이었다.
곁을 내어주고 깃들게 했다.
품고 돌보고 가꾸는 공동체적 삶이었다.

노동조합이, 단결이, 투쟁이, 민주주의가, 혁명이
실제 삶의 변화를 이끌지 못하고
자본주의 지배질서의 일부가 되었을 때
난 아픈 엄마 곁에 있었다.
자본주의의 참화를 맨몸으로 견뎌내고 있는 젖은 몸 곁에 있
었다.

몸을 낮춰야 보이는 것들
귀를 열어야 통각되는 것들

위로가 시가 됐다.
치유가 시가 됐다.

맨몸에 새겨지는 삶의 온도가
그대에게 가는 유일한 길이었다.
계절을 갖지 않는 날이었다.

2020년 여름
화천 엄마 집에서

■ 시인의 말

제1부 위험에 익숙해져갔다

제2부 석진 씨가 통증 깊게 말했다

제3부 중심은 비어 있었다

제1부

위험에 익숙해져갔다

대설

봉기는
떼 지어 일어서는 것만이 아니다
내리기도 하는 것이다
쳐서 거꾸러뜨리는 것만이 아니다
더 낮은 곳으로
내려
상처를 덮어주기도 하는 것이다
언 땅
떨고 있는 뿌리들
괜찮냐고
온기를 전하기도 하는 것이다

한 덩어리의 체온이 되는 것이다

햇살 한 뼘 담요

울산 용연 외국계 화학 공장에 배관 철거 작업 나왔다
기존 배관 라인을 철거하는데 먼지가 일 센티미터 이상 쌓여
있었다
일회용 마스크 하나 쓰고 먼지 구덩이에서 일을 하다 보면
땀과 기름때로 범벅이 된 생의 바닥이 드러났다

마스크 자국 선명한 검은 얼굴로 정규직 직원 식당에 점심
먹으러 갔다
까끌까끌한 시선이 목구멍에서 느껴졌다

기름때 묻은 작업복이 부끄럽지는 않았으나
고단한 점심시간 어디에도 쉴 곳이 없었다
메마른 봄바람은 사납고 거칠었다
흡연실에서 담배 한 대 물고 버티는데
축축해진 몸에 한기가 들었다

흡연실 쓰레기통 옆이 그런대로 사나운 바람도 막아주고
햇살 한 뼘 따뜻했다

함께 일하던 이 형이 쓰레기통 곁에 쪼그려 앉아 담배 한 대
피우고 나더니
몸을 오그려 고개를 숙였다
이내 코 고는 소리가 쓰레기통에 소복이 쌓였다
코 고는 소리가 체기처럼 아팠다

안정도 지금 그를 안내할 수 없고
행복도 지금 그를 도와줄 수 없고
코뮤니즘도 지금 그를 격려할 수 없다

쪼그려 쪽잠 자는 그에게 지금 가장 필요한 건
꿈조차 꾸지 못하는 그의 고단한 몸을 깨우지 않는 것이다
햇살 한 뼘조차 그늘지지 않게 하는 것이다

햇살 한 뼘 더 끌어다 덮어주고 싶다

가진 것 하나 없어도
가진 것 하나 없는 맨몸으로 도달한 투명한 수평,
햇살 한 뼘 담요!

가난을 배반하지 않았다

휴게시간
배관 자재 더미 위에 아버지와 아들*이 나란히 앉아
대화를 나누고 있었다
그들에게 봄볕이 스며
따뜻하고 참 고왔다

다정(多情)이었다

짐승처럼 일만 하다 지쳐 쓰러져가는 날에도
몸 기대어 울고 싶은 건 다정(多情)이었다

사람을 함부로 대하지 않는 도비반장이 좋았다
한 번은 살아보고 싶은 계절의 색감이었다

거칠고 위험한 플랜트 현장에서도 현빈 씨는 웃음을 잃지 않
았는데
그는 웃을 때 가장 빛났다

비정규직은 대를 이어 비정규직이 됐지만

남을 짓밟지 않았고 명령하지도 않았다

오히려 다정(多情)이었다

질문과 대화였다

가난을 배반하지 않는 삶이었다

현빈 씨와 현장으로 일하러 가는 길이 그렇게 좋았다

함께 보폭을 맞추는 건 설레는 일이었다

때마침 봄볕을 품은 홍매화가 절정을 향했는데

그 꽃빛에 단결이라는 이름을 지어주고 싶었다

* 아버지는 중량물을 옮기는 도비반장이고 20대 초반의 아들 현빈 씨는
  나와 함께 일하는 배관조공이다. 공장 담벼락 한편, 난 우리 시대 가장
  첨예하지만 봄볕처럼 따뜻한 벽화를 보고 말았다.

젖은 몸

퇴근 무렵
말조차 꺼내기 힘든 저 지친 몸은
해가 지고 달이 뜨는 경계를 걸어
집으로 돌아가고 있습니다
한 번도 존중받지 못했습니다
한 번도 인정받지 못했습니다
싼값에 쓰다 버리는
하루 종일 모욕당한 몸입니다
이 세상에 없는 몸입니다
허청허청 위태위태해 보이지만
체념으로 딱딱해지지 않았습니다
쉰내 나는 언어가 일기장처럼 배어 있습니다
쓰러지지 않겠다고 다짐했던 새벽별이 수놓아져 있고
쓰러지지 않았다고 위로받는 보름달이 뜨고 있습니다
함께 이겨내자고
토닥토닥
뭇별처럼 모진 마음의 무늬도 새겼습니다
애썼어

이 한마디에도 반응하는

이 한마디도 놓치지 않고

들을 수 있는 뛰어난 청각을 지녔습니다

공감의 소리가 노을처럼 번져 붉게 물들고 있습니다

스스로를 치유하고 있는 전혀 다른 세계 같습니다

위험에 익숙해져갔다

끝내
그는 한 뼘 남짓한 H빔 위에 모로 누워버렸다
그의 등 뒤에는 10미터 허공이 펼쳐졌다

가장 위험해 보이는 자세가 그래도 용접을 하기엔 최선의
자세
그는 허공조차 안전 지지대로 사용하는 법을 안다

저녁 밥상 앞에 앉기까지
위험에 익숙해져갔지만
그는 삶의 안전을 위한 최고의 역능을 숙련해야 했는지도 모
른다

난 한 뼘 남짓한 H빔 위에 모로 누운 그의 모습이
목숨을 살리는 방법 같고 공동체를 위한 끈질긴 질문 같고
이판사판 한번 붙어보자는 고공농성 같았다

허공은 모로 누운 그의 모습을 닮아 수평을 이루었다

바닥을 견디는 힘

점심시간

컨테이너도 비좁아

작업장 한편 그늘에 종이 박스 깔고 안전화를 벗는다

땀에 절어 축축해진 두 발을 용케도 견뎠구나

밥 먹듯 해고되어도 품었고

밥 먹듯 골병드는 날에도 무너지지 않게 떠받쳐주었다

묵묵하게 젖은 몸의 이야기에 귀 기울이고

끈덕지게 젖은 몸을 이해했다

고단한 생에 딱 들어맞게 밀착된,

나의 한 걸음

너의 두 걸음

바닥을 견디는 힘이었다

둥근 씨앗

폭염이 점령한 오전 휴게시간
용접하는 노동자도
전기하는 노동자도
배관하는 노동자도
지금
막 샤워하고 나온 사람들 같다

폭우처럼 쏟아지는 땀은 낡지 않는다

이곳저곳 멍들고 지쳤어도
통증 깊이 젖은 몸으로 세계를 바라볼 때가 가장 투명하다

상처 깊고 상한 마음 흘러 그대 체온에 가닿은 것이다
다 견뎌낸 시간이 다른 세계의 둥근 씨앗으로 맺혀 있다

젖은 담배를 건네며 웃는 그의 모습이 강해 보인다
내 젖은 몸에도
그의 웃음이 번져 삶이 아물고 있다
싹이 돋고 있다

한기 같은 독한 마음이 들어찬다

출근길 가는 비 온다

단체 협약에 '우천 시 외업 작업 금지' 조항이 있지만
천막을 치고
용접기 버튼을 올리는 그의 젖은 어깨가 위험해 보인다

어떻게든 살아보자고 이 악물었는데
불행에 젖지 않는 건 어려운 일이다

용접 불꽃은 생과 사의 경계에서 타오르고
가는 비는 이 불꽃의 공간을 가만히 열어준다

절망도 희망도 너무 낡은 것이어서
이미 축축해진 몸에 한기 같은 독한 마음이 들어찬다

오래도록 젖지 않는다

눈물도 단단해져가는 것이다

적은 좀처럼 눈에 보이지 않는다
그래서 못난 놈들끼리 싸운다

능률을 강조하는 공사 부장 앞에서
일이 너무 빡세다고 말은 못 하고
안전상의 조치가 필요하다고 말은 못 하고
인원을 더 충원해야 한다고 말은 못 하고
시간이 더 필요하다고 말은 못 하고
서로 마음만 바빠
못난 놈들끼리 싸운다

안전모를 집어 던지거나
그라인더를 내팽개치면서
자발적 실업의 거리로 나서기도 한다

공장 밖은 외로울 틈도 없이 곧바로 두려워진다

이윤을 생산하는 데 아무런 지장을 주지 않았으므로

어떤 삶도 바뀌지 않을 것이다

당신을 함부로 대해도 어떤 권리도 갖지 못할 것이다

망국의 나라여

아직도 멀기만 한 단결이여

켜켜이 쌓이는 것이 어디 소소한 불화와 다툼, 불안정,

체념뿐이겠느냐

너무 울어 텅 비어버린 삶에

내리는

대설처럼

눈물도 단단해져가는 것이다

자발적 복종

S-OIL 온산 공장 정문 앞
하청업체 작업 조끼를 입은 플랜트 노동자들은
한눈에 그들이 비정규직임을 알려주지만
그들의 표정은 도무지 해석이 안 된다
거칠고 어둡다

정문에서 출입증을 발급받기 위해 길게 줄을 선 플랜트 노동
자들은
지병이 없는 우량종이라는 신체검사 확인서가 필요하고
불법, 폭력 등의 전과가 없는 선민이어야 했다

공장 정문은 강제수용소로 들어가는 통로 같다

정문을 통과하면 어떤 질문을 할 수 없고
어떤 주장을 하지도 못하며
오직 명령에 따라 움직이는 수인이 된다
질문은 징계를 각오해야 하고

주장은 한순간에 밥줄을 끊기게도 한다

명령이 지배하는 곳으로 걸어 들어간다
그러나 대체로 자발적 복종의 시간이다
실업의 공포를 견디며 몇 달간 찾아 헤맨
자발적 복종의 시간이다

새벽 여명은

주휴일
이 소박한 권리조차 엄두가 나지 않는 사람들은
빨간 날 새벽 여명 속으로 출근하고 있었다
; 정규직은 코빼기도 보이지 않았다
마치 새벽 출정처럼 한 무리였으나
새벽 여명은
그들이 서로 다른 업체에 소속된 비정규직 노동자란 걸
  하청의 재하청인 사내들이 뼈마디 성한 곳 없이 서로 경쟁하
고 있다는 걸
  물량을 달성하기 위해 서로 짜증 내고 윽박지르고 화내고 있
다는 걸
  명령에 익숙하고 명령이 당연하며 명령에서 벗어날 생각이
조금도 없다는 걸
  매일매일이 위험한 작업, 다행히 죽지 않았으므로 용접사가
되고 배관사가 되었다는 걸
  좀처럼 친절할 수 없다는 걸
  살피지 않는다

새벽 여명은

더 이상 붉지 않았다

체온 같은 대화

한 달짜리 플랜트 셧다운 공사가 끝날 무렵이면 다들 전화기
를 끼고 살았다
여전히 일자리는 비좁은 곳이라서 굴종의 일자 사다리를 타
고 올라가야 했다

오늘도 수두룩하게 비정규직 노동자들이 해고되는데 누구
도 관심을 갖지 않았다
저녁 밥상에 깃드는 소박한 인간에 대한 예의조차 인정사정
없이 버려졌다
그리고 아무런 일도 일어나지 않았다

자재 창고에 공구를 반납하며 돌아다본 공장은 악몽으로 축
조된 성 같았다
저 공장으로 돌아가고 싶지 않았으나 공장 밖은 실업의 나날
이었다

능률 좀 올리라는 현장소장 말 한마디는
거부할 수 없는 위험이었다

수많은 징계로 이뤄진 현장 통제는 폭염 같았다
너 죽고 나 사는 경쟁 속에서 목숨은 더욱 사소해졌다

오늘 골절통처럼 불행이 내 곁에 도착했으나
아주 우연찮게 살아남아 공장 정문을 걸어 나올 수 있었다
그러나 아무도 날 기억해주지 않았다

젖은 몸을 모질게 대하기엔 살아가야 할 날이 너무 서러웠다
작업을 마치고 함께 저문 퇴근길을 걸을 때면
지쳐 보이는 그대 등에 손 얹어주고 싶은 날이 있다
서로를 품기 위한 응결된 마음의 지도,
내 살에 맺힌 땀은 생의 둥그런 비밀을 요약하고 있는지도
모른다

쫓기듯 일하다
단내 나는 눈빛이 서로 마주칠 때가 있다
오직 웃음으로만 서로를 격려할 때가 있다
그렇게 말 한마디 없어도 체온 같은 대화가 시작되는 때가

있다

정드는 순간이다

경쟁이 멈추는 시간이다

4인치 그라인더여 파이프여 엘보여 플랜지여 밸브여 직각자여 망치여 스패너 볼트 너트여

정드는 건 함께 겪어내는 일이다

둥근 땀의 통로를 따라 잠시 웃는 것만으로도 악몽 같은 질서에 균열이 생기고

귀 기울여 듣는 체온 같은 대화 속에서 불복종이 자라는 경이가 있다

공감은 체온을 따라 흐른다

외국계 화학 공장에 파견 나간 날
정규직 직원 식당에서 눈칫밥을 먹다가
오늘은 장생포 횟집에 가 회덮밥을 먹는다

서러운 비정규직
서러운 비정규직끼리
밥 먹는 게 속 편하다

저 속 편한 웃음은 대부분 눈물로 빚어진 것이다
정규직이 아니어도
먼저 손 내밀어 번지고 안아 스민 것이다

공감은 체온을 따라 흐른다

아픈 곳곳 든든해지는 것이다
떼 지어 일어서는 발걸음을 빼닮기도 하는 것이다

제2부

석진 씨가 통증 깊게 말했다

석진 씨가 통증 깊게 말했다

박근혜 씨가 구속되는 날
공장 담벼락 한편에 홍매화가 피기 시작했다
그러나 매혹이 위로가 되지 않는 시간이다
난 꽃봉오리 앞에서 서툰 예감보다는 뿌리로 돌아가는 긴 도
정을 생각했다

내 몸에 새겨진 그라인더의 진동 속에는 어떤 의미 있는 계
절도 도래하지 않았고
아무렇지도 않게 경쟁을 허용하면서도 아무도 부끄러워하
지 않았다

내 사십 대는 타락하지 않기 위해 싸웠던 나날이었다
다중(多中)*에 대한 사유 없이는 전망이 열리지 않았다
이뤄놓은 것 하나 없지만 그래도
내게 평등에 대한 예민한 귀가 있다는 것이 어느 날 위로가
됐다

정권이 바뀌자 하청업체 관리자들이 먼저 미쳐 날뛰기 시작

하고

   난 그들에게 인간이 아니었다

   기업하기 좋은 나라는 더욱 기업하기 좋은 나라가 됐지만

   여전히 내 마음이 쏠리는 건

  ———————

* 다중(多中)의 시대

   살아온 날들이 헛헛해지고
   살아갈 날들이 막막해질 때가 있다

   몸살, 내 몸이 살기 위한 스스로의 구체적인 노력이다

   어느 날 함께 공부하러 가는 길 위에서
   돌쑥 선배는 "다중(多中)의 시대"를 말했다

   다중(多中)이라는 단어가 오래도록 입가에 맴돌았다
   자립한 개인들의 통섭을 소망했던 난
   내 삶—몸살의 치유지라는 걸 직감할 수 있었다

   누구도 대신해 줄 수 없다
   지금 우리에게 필요한 건 일생일대의 비상 그 자체다
   단계 따위, 대의제 따위는 당장 걷어치워버려라
   난 높은 무대를 철거하고 스스로 광장이 된 다중(多衆)이 다중(多中)의 시
   대를 열 것이라는 걸 안다

낡은 안전화며 닳아서 떨어진 목장갑이었다
경쟁을 견뎌내느라 낡고 해진 마음이여
과연 경쟁을 허용하지 않기 위해
무던히 애쓴 마음이여
난 공감에 이르는 바닥에서 바닥으로 살겠다

•

지각한 석진 씨는 업체 반장에게 한 소리 듣고 와서도 질문
을 놓지 않았다
"새벽에 일어나는데 정말 죽을 것 같더라고요.
성웅 씨가 힘들어할까 봐 억지로 출근했어요.
먹고살기 위해 일하는 겨? 일하기 위해 먹고사는 겨?"
먹고사는 문제와 일
난 석진 씨 질문의 바깥을 고민하다 답변할 때를 놓쳤다

놀 수 있을 때 어떻게든 더 놀고 싶은 나는
일할 수 있을 때 어떻게든 한푼이라도 더 벌려는 석진 씨 마

음을 조용히 헤아려본다

잔업 하라는 소리에 표정부터 어두워지는 나는

잔업 한다는 소리에 표정부터 밝아지는 석진 씨 눈빛 곁에
내 마음을 가만히 내려놓는다

(변변찮은 내 체력은 견디지 못하는 시간까지 이를 악물어야
했다

하루 4시간 노동은 그런대로 버티겠는데 6시간이 넘어가면
온몸이 아프다)

아픈 몸으로 석진 씨와 함께 담배를 피우고 있는데

홍매화가 열어놓은 쪽부터 해가 지기 시작했다

질문을 시작하는 시간이다

"정권도 바꿔냈는데,

주말 다 쉬고 하루 6시간 일해도 먹고 살 수 있어야죠.

이젠 상식이 되었으면 좋겠네요."

석진 씨가 통증 깊게 말할 때

홍매화 향기가 번져 저녁노을을 낳고 있었다

대화를 산란하는 시간은 참 붉었다

모두 붉은 중심이었다

난 석진 씨 지친 어깨 위에 내 손을 올려놓으며

100년 전 하루 6시간 노동제 쟁취를 내걸고 싸웠던 러시아

의 노동자들을 생각해보는 것이다

지금 여성에 대한 태도를 바꾸지 않으면 미래는 없다

1

눈썹미도 손재주도 없는 내게 돌아오는 것은 항상 짜증과 욕설이었다
늦은 나이, 각오는 했지만 서러운 건 서러운 거였다

마음 둘 곳 몰라 정처 없을 때 손잡아 끌어준 이
내게 담배 한 대 건네며 어깨를 토닥여준 사람이 있었다

관절염이 그의 무릎을 파고들고
숙취에 절어 비틀비틀 출근해도
그는 용접면만 쓰면 불량 하나 없이 물량을 쳐나가는
용접의 달인이었다

짜증과 욕설이 난무하는 현장에서 친절함을 만났다
오늘 하루를 살아보고 싶은 이유였다

경쟁이 아니라 나를 존중해주는 그의 태도는
노동자 민주주의에 가닿아 있다고 생각했지만
뜻밖에도 그는 여성에 대한 존중을 배우지 못했다

나에 대한 그의 친절함과 그에 대한 나의 고마움 사이엔
아주 특별한 이견이 존재했다

　　2
그의 노동조합 조끼엔 단결투쟁이라는 단어가 선명하게 찍
혀 있었다
노동조합 지침에 성실했으며 공권력 앞에서도 주눅 들지 않
았다
진보정당 당원이기도 한 그가
거칠고 힘든 노가다를 견딜 수 있는 낙(樂)은
단결도, 투쟁도 아니었다
그의 유일한 낙은
노래방에 가서 돈을 주고 도우미를 사는 것이며 현장 관리자
처럼 그녀를 함부로 부리는 것이며 그녀를 통제함으로써 만족
을 구하는 것이었다

통제가 없는 동무들과의 술자리를 좋아했지만
그의 즐거움은 권력의 또 다른 이름이었다

함부로 그녀의 가슴을 만지고 함부로 그녀의 엉덩이를 만지고 함부로 그녀 팬티 속으로 손을 넣고 함부로 그녀의 치마를 걷어 올리고 강제로 그녀의 입술에 하는 키스는 그녀의 의사에 반하는 성폭력이었다

돈을 주고 여성을 살 때 민주는 명령이 되었다
여성을 함부로 대할 때 노조는 권력이 되었다
고급 룸살롱과 노래방과 러브모텔이 계급투쟁을 대체했던 시간이 있었다

3
퇴근길
버스 차창으로 보이는 세계는
거대한 성폭력 체제다
여성을 수탈해 세워진 반혁명이다
좌우 정치노선의 차이가 없어지는 통일전선이다

여성은 맛도 아니고 먹을 수 있는 것도 아니며

돈을 주고 사고파는 상품도 아니다
존엄이다
폐기되거나 침묵을 강요당할 수 없는
존엄이다

"꼴리냐, 하고 싶으면 덮치지 말고 유혹하라"*

사랑을 잃고 꼴리는 생좃만 전시되어 있는 나날
그가 경쟁을 중지시킴으로써 단결에 도달한 것처럼
그는 폭력을 중지시킴으로써 존엄을 이룰 수 있다
그는 교환을 중지시킴으로써 생의 두근두근거림,
평등에 가닿을 수 있다
이 한 걸음이 결정적이다
이 한 걸음에 계급의 운명이 걸려 있다

지금 여성에 대한 태도를 바꾸지 않으면 미래는 없다

* 잡년 행진 슬로건.

고공 농성자들이 고공 농성자들에게*

옥천 광고 철탑 위에서 고공농성을 하고 있는
이정훈, 홍종인 동지를 만나러 가는 길

천의봉 동지는 하늘의 동지들이 먹고 싶어 한다고
햄버거를 샀는데
그만 마음이 차오르고 넘쳤는지 열 개나 사 왔다
복기성 동지는 과일 한 박스로는 성이 차지 않았는지
두 박스나 사 왔다

하늘의 동지들은 날 추운데 어여 천막 안으로 들어가라 하고
땅 위의 동지들은 우리가 올라갈 테니 어여 내려오라 한다

고공 농성자들이 고공 농성자들에게 전하는 단문 사이로
첫눈이 내렸다

난
저 첫눈이
다 전하지 못한 고온의 마음이 응결되어

서로의 마음을 조용히 헤아려보는 시간이라 생각했다

뜨뜻한 구들방처럼
심장은 심장을 이해했다

세상에 나지 않은 저 길을 걸어
아름다움에 닿고 싶다

* 쌍용자동차 한상균 전 지부장, 문기주 전 정비지회장, 복기성 비정규
  직지회 수석부지회장은 15만 4천 볼트 고압전류가 흐르는 송전탑에서
  '해고자 복직과 비정규직 철폐, 국정조사 실시'를 요구하며 171일 동안
  고성농성을 조직했다. 현대자동차 비정규직지회 전 사무장 천의봉 동
  지와 최병승 동지는 '불법파견 철폐, 정규직 전환'을 요구하며 현대자
  동차 울산공장 명촌주차장 내 송전철탑 위에서 296일 동안 고공농성
  을 조직했다. 이들이 '유성기업 사장 유시영 구속'을 요구하며 철탑 농
  성을 하고 있는 유성기업 홍종인, 이정환 지회장을 찾아간 날은 첫눈이
  내리고 있었다.

더 이상 국가는 필요 없다

국가는 점령군처럼 밀양에 왔다
손마디 지문이 닳도록 일궈온 땅에
'이 개노무 새끼들'
국가는 적군보다 더한 원수로 왔다

사지가 들리고 팔다리가 꺾이고 짓밟히고
힘이 없어 속절없이 당하고 버려지는 것이
억울하고 서럽고 분하다

전기가 조금 부족하더라도 우린 근근이 살아갈 수 있다
원전이 없다면 우린 더 잘 살 수 있다

사람과 사람 사이엔 눈에 보이지 않는 마음의 미생물장이
있어
　서로 돌보고 가꾸는 손길이 닿으면 고요한 화학작용이 일어
난다
　반딧불이 켜지고 별빛이 켜지고 마을 마을마다 마음 빛이 켜
진다
　우리 생의 무한동력,

이 빛에 의지해 살아갈 수 있다면 더 바랄 것이 없다

정말 아무것도 필요 없다

요대로 땅 파먹고 살다가 죽고 싶다

학교 밖의 학교에 찾아온 어진이와 누피와 산골 소녀와 선아
와 함께 땅 파먹고 살고 싶다

학교 밖에서 다시 교실을 세우는 계삼이와 함께 땅 파먹고
살고 싶다

한없는 마음의 광합성 작용만으로도 충분하다

우리는 국가 없이도 서로를 잘 돌볼 수 있다

우리는 국가 없이도 서로를 잘 가꿀 수 있다

우리는 국가 없이도 행복하게 웃을 수 있다

행복하게 웃는,

땅이 대표고 미생물이 대표고 비가 대표고 바람이 대표고 햇
빛이 대표고 나무와 숲이 대표고 내가 대표고 우리 모두 다 대
표다

더 이상 국가는 필요 없다

전망은 단절 없이 오지 않는다

1

민주가 민주를 조롱하고 평등이 평등을 배제하고
투쟁이 계급을 배반하는 시대

퇴로조차 버리고
45미터 벼랑 위에 배수진을 친 사람
굴뚝 광호 동지여

흙 한 줌 없는 벼랑 위에서
비바람에 실려 오는 모래흙을 정성스럽게 쓸어 담아
화분을 만들고
마침내 참외 싹을 틔우는 동지의 모습은
가장 단호한 비판 같았다

어설픈 중재를 허용하지 않는 차이처럼
감정으로 전락하지 않는 논쟁처럼
전망은 단절 없이 오지 않는다

2

폐업이 확실하다며

위로금과 권고사직이 실리라고 말했던 자들은

여전히 민주노총, 금속노조 조합원들이고 간부들이다

조합원들을 위로금과 권고사직으로 내몰고

회사에게 어떠한 요구도 하지 않겠다며 노예 문서에 직권 조
인한 자들은

여전히 금속노조 투쟁결의대회에 참가하고 〈임을 위한 행진
곡〉을 부르는 자들이다

금속노조의 이름으로 위로금과 권고사직을 승인했던 자들은

여전히 우리 곁에서 '비정규직 철폐'를 외치고 '정리해고 분
쇄 투쟁'을 외치는 자들이다

회사를 대신해 투쟁하는 조합원들을 제명한 자들은

여전히 민주노총 조끼를 입고 있는 진보정당 당원들이다

우리에게 가장 두려운 것은 노동자의 자존심을 버리는 것이
지만

이 자들은 통제되지 않은 아래로부터의 직접행동을 가장 두
려워했다

투쟁하는 조합원들이 자신의 적이었다

민주주의의 이름으로 정리해고를 허용하고
민주주의의 이름으로 비정규직을 합법화하고
민주주의의 이름으로 투쟁하는 조합원을 제명하고
투쟁의 이름으로 계급을 배반하고
혁명의 이름으로 부르주아 선거 일정에 목매다는 자들은
오늘도 자본주의가 유지되고 있는 결정적인 이유,
반드시 돌파해야 하는 바리케이드다
길은 단절로부터 시작된다

　　　3
말을 잊지 않기 위해
매일 아침 굴뚝 위에서 차광호 동지가 부르는 노래는
가능하지 않았던 것이 가능한 쪽으로 몸을 바꾸는 붉은 기미
(機微)였다
무엇보다 토론과 직접 행동 속에서 성장한 KEC지회 조합원
들이

파업을 하고 굴뚝 아래로 달려왔다

김동윤, 박종태 열사 투쟁 속에서 단련되고

행동해야 할 때 행동할 줄 아는 화물연대 구미지회 조합원들이

굴뚝 아래로 달려왔다

금강화섬 공장점거 파업 속에서 노동자의 미래를 감지했던

차헌호 동지가 굴뚝 아래로 달려왔다

포장 덮개 하나로 폭염과 비바람을 견디는 그 서러운 고통을

몸으로 이해하는 사람들,

공인받지 못한 비정규직 노동자들이 가장 먼저 달려왔고

열사정신이 달려왔고 계급투쟁이 달려왔고 노동자 민주주의가 달려왔다

매일 아침 굴뚝 위에서 차광호 동지가 부르는 노래는

노동자 민주주의가 오른 높이, 떼창이었다

자본주의와 화해할 수 없는 가장 치명적인 음계였다

존엄을 지키는 것이 민주주의다

전면 파업 중인 플랜트 울산지부 지침에 따라
S-OIL 동문 사수투쟁을 하고 있을 때였다
"덕종 언니가 서울 촛불 가고 싶다는데, 주말 일정 어때."
"노동조합에 파업 일정 알아보고 집에 가서 이야기하자."
아내와 전화를 끊고 곁에 있던 고참 조합원에게 소식을 전
했다
"어, 그래? 울 마눌님도 서울 촛불 가보고 싶다고 하던데."

며칠 전 입동이 지났으나 내 마음은 이미 경칩 부근에 불시
착하고 있었다
내 가슴에 번진 그녀의 욕구는 존엄의 뿌리에서 밀고 올라
온 새순 같았고
내가 참여하고 있는 임금 인상을 위한 무기한 전면 파업보다
더 급진적이라 생각했다

노동조합 활동가였던 남편들 서울 전국노동자대회 올려보
내고
아이들 밥 먹여놓고

그렇게 함께 모여 술 한잔하면서
전태일 열사의 기일을 기억하던 아내도, 덕종 언니도
10년 만에
전국노동자대회, 서울 백만 촛불 시위에 가고 싶어 했다

아이를 업고 농성장으로 출근했으나 절망하지 않았고
돈 한 푼 없어 끼니를 거를 때도 체념하지 않았다
어떤 일이든 일방적이지 않았다
무엇보다 대화가 우선이었다
사춘기에 접어든 아이들에게 끈기 있게 동의를 이끌어냈고
존중과 지지 속에서 서울 백만 촛불 참여는 시작됐다

그녀의 노선은 존엄에 가장 가까웠고
삶은 이 노선을 따라 변하는 것이라고 조용히 말해주고 싶
었다
지금 내가 가장 하고 싶은 건 그녀 곁에 묵묵히 서는 일이다

아이들 밥 떠먹이듯이

참여하고 발언하며 합의에 이르러 행동할 때
삶은 변하는 것,
존엄을 지키는 것이 민주주의다
그녀는 지금
백만 촛불 시위에 가고 있다

생을 다해 사람을 꿈꾸었다
— 현대중공업사내하청지회 고공농성 100일을 격려하다

직접 행동하지 않고서 얻을 수 있는 답은 없었다
쫓겨난 거리, 그 낯선 바닥에서 다른 삶은 시작됐다
소모품처럼 버려졌던 그대 맨몸이
하청노조 푸른 깃발로 직립할 때
존엄도 함께 태어났다
이 죽음의 공장에서
섣불리 광장의 시간을 고대하지는 않았다
부딪히고 깨어지며 나아가는 것이 죽음을 견디는 방법이
었고
아무리 힘들고 어려워도
진실을 말하는 것이 가장 인간다운 삶이었다

"구조조정 중단하라", "블랙리스트 철폐하라", "하청노조 인
정하라"

죽도록 일만 하다 나이 들고
죽도록 일만 하다 죽어가야 할 시간 속에서
생을 다해 사람을 꿈꾸었다

가장 아팠던 것도 사람이었고
가장 행복했던 때도 사람이었다

아프고 서러운 그대는 자기 몸의 지층에 참 많은 울음보를
저장하고 있다
참다 참다 못해 토해내는 울음만큼이나 뛰어난 치유력이 또
있을까
오래 운 그대 눈빛엔 자신을 표현할 물기 오른 언어가 산란
되고 있었다
분노해야 할 때 행동할 수 있는 사람은 스스로를 치유하는
사람이다

다 견뎌낸 바닥이었다
한 번도 높이를 가져본 적 없었던 이성호, 전영수 동지는
기어이 허공에 뿌리를 내렸다
아무도 발 딛지 않은 곳조차 그들에겐 방법을 찾는 몸짓이었고
서로를 향해 웃는 것이 그들의 강령이었다
아주 특별하게도

허공은 기울어져 있지 않아 좋았다

수평을 이루는 데 한 생을 내어주고 싶었다

위계와 차별을 갖지 않는 바닥이었던 그들이

마침내 도달한 곳은

36.5도의 체온이 느껴지는 평평한 인간의 대지였다

모두 함께 살고 싶었던 곳, 맨발로 걸어보라

맨발에서 느껴지는 삶의 온도 속에서 생의 절정은 온다

코뮤니스트의 운명
— 고 남궁원 동지를 기억하다

이름 없이
한 명의 코뮤니스트가 사라지는 것이
유독
슬픈 것만은 아니다
그의 생이 온통 프롤레타리아의 곁이었기 때문이다

아주 오래도록 눅진한 날이었으나
그는 좀처럼 비가 갠 맑은 하늘을 포기하지 않았다

곁을 내어주고 난 그의 빈 몸에
비가 갠 맑은 하늘처럼 채워지는 코뮤니즘의 길

남궁원 동지의 몸은 저승으로 저물었으나
그가 남긴 웃음은
혁명정당 강령의 첫 번째 문장 같았다

프롤레타리아트의 곁이 되고 그 웃음에 배어드는 일

낮은 곳에서 솟구치는 외침은 죄다 그의 문장이었다

조용조용 들어주는 그의 문장, 문장들
토닥토닥 위로하는 그의 문장, 문장들
을 거치면
견디지 못할 일이 없고
해내지 못할 일이 없고
꿈꾸지 못한 일이 없다

이름 없이 계급투쟁을 살고
이름 없이 혁명을 살고
이름 없이 사멸하는 국가와 함께 사라지는 것은
코뮤니스트의 운명,
가장 빛나는 전망이다

가장 빛나는 전망
남궁원 동지여
더할 수 없는 명예여

백만 촛불 마이너

― 2017년 광화문 고공 삭발단식 농성을 지지하며

사람만이 결정적인 봄이다, 라고 안간힘으로 외쳐보지만, 사람 추린다는 소리에 휴무도 없이 출근한 공장 담벼락 안엔 어떤 꽃소식도 없었다. 툭하면 '영구퇴출' 입에 달고 사는 하청업체 안전팀장 새끼 아가리를 박살 내지도 못했다.

하청업체 안전팀장 새끼도 촛불을 들었고, 박근혜 탄핵을 고대했지만 그는 여전히 내게 명령을 하고 나를 사람 취급하지 않았다. 어떤 것도 결정할 수 없는 하청의 재하청인 내게 촛불은 봉기로 다가오지 않았다. 어떤 것도 계획할 수 없는 하청의 재하청인 내게 촛불은 혁명으로 다가오지 않았다. 하청의 재하청인 내 삶은 하루하루가 폭력적이었다. 자본주의가 요약되어 있었다.
　; 나는 외친다.
　차별은 폭력이다
　위계는 폭력이다
　억압은 폭력이다
　명령은 폭력이다
　조합주의는 폭력이다

가부장제는 폭력이다

민족주의는 폭력이다

개량주의는 폭력이다

관료주의는 폭력이다

군대는 폭력이다

의회제는 폭력이다

촛불은 흐르고 흘러서 흐름 자체가 되는 것, 머물러 무대만을 바라보지 않는 것이다.

난 촛불의 흐름이 느려지는 것이 위험해 보였다. 촛불이 멈춘 곳, 화려한 조명의 대형 스크린과 크레인으로 들어 올린 대형 스피커로 꾸며진 무대가 내 눈엔 마치 명박산성 같았다. 무대 앞에서 내 관심사였던 그대 표정을 결정적으로 잃어버렸고, 유독 주목하고 싶었던 그대 목소리도 들리지 않았다. 난 목소리를 잃고 그대를 데울 국도 밥도 나오지 않는 무대를 오래도록 바라봐야 했다. 고착 당했다.

물론 촛불은 하나의 구호가 아니고 여럿의 삶이었다. 노빠도, 문빠도, 어용도, 노사협조주의자도, 조합주의자도, 민족주의자도, 김일성주의자도, 가부장주의자도, 개량주의자도, 관료주의자도, 중도주의자도, 여성주의자도, 생태주의자도, 자율주의자도, 코뮤니스트도 함께 참여하고 함께 행진했다. 촛불은 서로 다른 이해관계, 계급투쟁의 소용돌이였다. 이질적이고 심지어 적대적인 정치적 경향이 함께 지배질서를 잠시 정지시키는 압도적인 다수의 힘을 이뤄냈지만 국가 앞에서 갑자기 온순해졌다. 국가에 대한 분노가 이토록 순종적일 수도 있다니, 내겐 참 기형적으로 보였다.

촛불의 흐름이 무대 앞에서 멈춰 섰을 때 나는 어떤 계획도, 어떤 결정도 할 수 없는 하청의 재하청인 사내로 죽도록 일만하다 죽어갈 것이다. 촛불의 흐름이 무대 앞에서 멈춰 섰을 때 노사협조주의자는 죽어라고 자본가 계급에게 협력만을 할 것이고 조합주의자는 지 밥그릇을 챙기기 위해 계급을 배반할 것이다. 촛불의 흐름이 무대 앞에서 멈춰 섰을 때 성폭력 가해자들은 국가의 보호 속에서 조금도 반성하지 않을 것이고, 개량주의자들은 오늘도 투쟁 현장에 나타나서 선거가 다가오니

투쟁을 접자고 압력을 넣고, 민주노총 깰 거냐고 협박하면서 계급 화해의 정책을 생산해낼 것이다. 촛불의 흐름이 무대 앞에서 멈춰 섰을 때 민족주의자들은 계급투쟁을 파괴하며 이주노동자들에 대한 사냥을 멈추지 않을 것이고, 관료주의자들은 모든 비판을 진압하며 자신의 명령을 완성할 것이다. 또한 촛불의 흐름이 무대 앞에서 멈춰 섰을 때 나와 그대는 표정을 잃고 목소리도 잃게 될 것이며, 나를 대신해 운명을 결정하는 자들의 목소리만 스포트라이트를 받게 될 것이다.

거리로 내쫓긴 투쟁하는 비정규직 노동자들이 가장 먼저 촛불이 됐고, 가장 먼저 박근혜 퇴진 투쟁을 외쳤지만 백만 촛불 내내 발언권조차 얻지 못했다. 촛불 그 한 뼘의 빛조차 서러웠지만 죽는 것 말고 할 수 있는 모든 투쟁을 조직했던 투명한 맨몸들은 자립적이었다. 촛불은 민주주의를 위해 한사코 계급투쟁을 배제하려 했지만, 자립적인 몸짓들은 "선거를 넘어 계급투쟁으로" 나아갔다. 투명한 맨몸의 사람들은 스포트라이트가 비추는 무대를 우선적으로 폐지했다. 밀착되어 서로를 느끼고 그 몸의 언어를 경청하기 시작했다. 자신의 몸을 비우면서 그

곳에 배제하지 않는 힘, 평평하고 너른 마당을 키워내기 시작했다. 스스로 결정하고 직접행동으로 비상했다. 의회 없이도 운영되는 노동자 민주주의였다. 부재함으로 증명되는 삶은 끝났다. 나와 그대의 이야기로 가득 채워지는, 인간에 대한 예의를 갖추는 방법이 내가 생각하는 정치였다. 모든 폭력에 맞선 가장 뛰어난 무장이었다.

바람은 중심을 갖지 않는다

    1
어차피 공인받지 못한 삶이었다

국가 밖이었다

생을 다해 유영할 뿐

바람은 중심을 갖지 않는다

    2
단절은 습성과의 싸움이다
깃발 쪽으로 기울어진 그대 삶이 좀 더 외로워졌으면 좋겠다
입춘 지난 2월의 나무, 그 달뜬 예감의 음계를 닮았으면 좋
겠다

사건이 없는 삶은 얼마나 비루한 것이냐

아름다운 사건은 바로 지금 일어나는 것이다
초봄의 미풍 속에 뿌리를 내려라

낡은 희망에 생을 걸지 말고
바람 속을 유영하는 그대 두 발을 믿어라

무엇보다 독립적이어야 한다

단언컨대
대의하는 것들은 돌이킬 수 없이 낡았다
독립적이지 않다면 자유도, 사랑도, 혁명도 없다

스스로 그렇게 하는 것이다
자연발생적인 공감의 연합,
바람은 중심을 갖지 않는다

　　　3
비가 내리고 번개가 치면
그대 몸속에서도 번개가 치고 비가 내려라
사방이 봄빛이라면
그대 몸속 두루두루 봄빛으로 차올라라

온통 자연을 닮아갈 뿐

더 이상 낡지 마라

자본주의로부터 가장 먼 곳,

오늘 중심을 갖지 않는 바람처럼 사랑하라

지금, 중심을 갖지 않는 바람처럼 행복하라

제3부

중심은 비어 있었다

작고 하얀 발

엄마가 아프고 나서야
엄마의 작고 하얀 발이 느껴졌다

참 이뻤다

내 손은 따뜻했고
엄마는 소녀처럼 수줍어했다

처음으로
엄마의 작고 하얀 발이 느껴졌다

엄마 소원은 방 안에 있는 정지에서 살림을 해보는 거였다

형 엄마가 암이래

명절 때마다 보는 엄마와 살가운 대화 한 번 제대로 못 나눴는데, 인연 끊자로 마무리되는 아버지와의 고성과 불화만을 엄마 곁에 남겨놓고 움막 같은 방을 떠나오곤 했는데, 저 스러져가는 나의 세계를 어떻게 해야 하나

엄마에게 가는 길, 영티고개 쪽으로 지는 붉은 해는 산 정상의 벚꽃을 심각하게 물들이고 있었다 엄마 소원은 방 안에 있는 정지에서 살림을 해보는 거였다 천하에 둘도 없는 가부장의 아들이었던 아버지와 그런 가부장의 아들인 나는 엄마 소원을 들어주지 못했다

오리막사 안에 샌드위치 패널로 지은 방에 엄마는 방치되어 있었다 보일러도 깔지 않은 차가운 방에 엄마는 방치되어 있었다 낡은 침대 밑 전기장판과 전기히터로 겨울을 난 엄마는 방치되어 있었다 찬 바람 부는 오리막사 한편에 차려진 정지에서 젖은 손 호호 불어가며 할아버지 제사상과 아버지 밥상

을 차리던 엄마는 방치되어 있었다 몸에 냉기 들어 암이 몸을
다 점령하도록 엄마는 방치되어 있었다

엄마에게 가는 길, 해는 노을도 남기지 못하고 벌써 다 졌다

옹그린 울 엄마, 활짝 펴져라

난 간이 오그라들 정도로 힘들게 살았다
아버지 뜻대로 안 되면
에이씨 이씨 짜증 내고
버럭버럭 소리 지르고
툭하면 밥상 뒤집어엎고
그거 다 받아내고 살았다
마음 오그리고 살았다

만취해서 집에 온 니 아버지
밑도 끝도 없이 마구 욕을 하면서
날 내쫓은 적이 있다
한겨울이었다
돈 한 푼 없었다
널 등에 업고 어디로 가야 할지 몰라
막막하고 두려웠다

평생 반찬값밖에 주지 않았다

그 돈 아껴서 살았다

그렇게 할아버지 제사상 차리고 아버지 밥상 차리면서
평생 마음 오그리고 살았다

주름

오늘은 엄마 생일
비석처럼 내 곁에 서 있는
엄마의 자글자글한 주름을 읽으면

내 참회록이다

불한당 조 씨

숯가마에 엄마를 모시고 갔다 아버지는 뜨거운 게 싫다며 끝내 가지 않았다 어쩜 저렇게 밉상인지, 당신 싫어도 함께 가면 엄마 마음이 좀 더 편할 텐데, 정말 자기밖에 모른다

암 환자는 무조건 몸을 따뜻하게 해야 한다 숯가마 안에서 흥건하게 땀을 빼고 나온 엄마 이쁜 발도 주물러드리고 다리도 안마해드렸다 한결 가벼워진 엄마 몸에서 두런두런 많은 이야기가 쏟아져 나왔다

"네 아버지 좋을 때는 좋은데 자기 뜻대로 안 되면 성질내고 고함치고 꼭 불한당 같다" 난 엄마 이야기를 받아 "불한당 조 씨네"라고 말했다 엄마는 깔깔깔 소리 내어 웃었다 엄마 생의 체기가 다 내려가는 것 같았다 엄마 웃음을 따라 "불한당 조 씨, 불한당 조 씨" 추임새를 넣었다 엄마는 "이 마안놈 아버지에게 못 하는 소리가 없네 넘한테는 하지 말고 나랑 있을 때만 하자"며 또다시 깔깔깔 웃었다

가부장은 타도되어야 한다

아버지와 다르게 살고 싶었다
아버지와 하는 짓이 쏙 빼닮았다는 것을 알면서도
그것을 그대로 허용할 때가 가장 비참했다
이제 이율배반을 인정할 수 있는 나이가 되었지만
난 아버지와 타협하지 않을 것이다
엄마를 함부로 대하는 아버지를 용납하지도 않을 것이다

아버지는 술만 취하면 개가 되고 난 "이 개새끼야"가 된다
모든 대화는 부자의 연을 끊자로 마무리되곤 했지만
아픈 엄마를 아버지 곁에 두고 연 끊고 살 수는 없었다
난 진실로 두 분의 이혼을 원했다
그러나 아버지는 엄마가 당신을 떠나지 못하리란 걸 잘 알고
있었다

손자 백일잔치에 간 엄마는 웃음이 한 뼘은 더 자랐지만 아
버지는 인사불성이 됐다 "나가, 그렇게 끔찍하게 사랑하는 자
식놈하고 살아" 집에 돌아온 아버지는 오리막사가 떠나가도
록 고함을 치고 있었다 난 아버지를 두들겨 패고 싶었다 "넌

내 애비가 아니라 쓰레기야" 아버지 멱살을 잡았다 "애비 멱살을 잡아, 이 개새끼 더는 함께 못 산다 낼 당장 네 어미랑 이혼할 거야 이 개새끼야" 아버지는 또다시 비겁하게 엄마 뒤에 숨었다 "아픈 엄마 목숨을 가지고 잔대가릴 굴려, 니가 내 애비냐 죽여버릴 거야" 난 아버지 멱살을 잡고 주먹을 움켜쥐었다 "이 마안놈 아버지에게 뭐 하는 짓이냐, 날 죽일 셈이냐" 엄마는 서럽도록 울면서 아프도록 울면서 날 말렸다

오리막사 밖,
깊이를 알 수 없는 바닥에서
난 먹물처럼 한참을 엉엉 울었다

엄마는 새로운 세계의 첫날처럼 웃었다

말기 암이었다
그래도 엄마는 무덤덤했다
몸에 온 손님처럼 맞이하고 있었다

아픈 엄마 곁에서 오히려 내가 더 막막해질 때가 있다
내 곁을 지나는 저 두루미는 과연 노을에 깃들 수 있을까
더듬거리며, 더듬거리며 길 찾는 몸짓으로
난 어느새 오리막사 곁, 갈대숲을 걷고 있었다
갈대는 엄마처럼 메말랐다
바람이 불 때마다 세상에서 들어본 적 없는 음계가 쏟아져
나왔다
죽기 살기로 서로를 품고 있었다

갈대는
갈대는 소멸하지 않기 위하여
저토록 지독하게 아름다운 선율로 흔들렸던 것이다
흔들리면서, 흔들리면서

모든 것을 깃들게 했던 것이다

저 흔들림의 내면이 돌봄이었다니
모든 생명이 모든 생명으로 다시 태어나는 수많은 중심이었
다니

마른 몸은 씨앗을 품고 직립하기 시작했다

오늘 아침,
엄마는 새로운 세계의 첫날처럼 웃었다

참 불가사의한 힘

엄만 틈만 나면 날 먹이려 안달이다
"엄마 배 터진다니까"
가끔 짜증도 내보지만 끈질기고 완고하다
이길 재간이 없다
암만 생각해도 참 불가사의한 힘이다

"이 세상 어미들은 지 새끼 입에 음식 들어가는 게 젤 좋지."
억척스럽게 웃는 엄마에겐
밥이 곧 하늘이었다
비교할 수 없는 생의 깊이였다
뭇 생명들을 먹여 키우는 일
살아 활동하는 가장 급진적인 민주주의였다

소양, 해 지는 들녘을 걷다

현미 잡곡밥, 청국장, 도토리묵, 마늘, 고추장아찌를 곁들인
저녁을 먹었다

설거지를 하고 엄마와 함께 소양, 해 지는 들녘을 걸었다

가팔랐던 내 마음도 어느새 평평해졌다
엄마가 살아왔던 이야기들이 벼 이삭처럼 자라는 해 지는 들
녘이었다
차랑차랑 벼 이삭을 흔들며 단내 나는 바람이 불었다
고단하고 쭈글쭈글했던 엄마 삶이 조금씩 펴지고 있었다

엄마 손은 고즈넉했으나
그 손을 오래도록 잡고 있으면
문자로 요약될 수 없는 따뜻함이 느껴졌다
난 이 따뜻함에 기대어
서로 품고 스며드는 시간 속으로 가고 싶었다

엄마 웃음소리는 장대비에도 젖지 않았다

날은 저물고 장대비 소리만 가득했다
안방에서 엄마 노랫가락이 들려왔다
노래책을 펼쳐놓고
손바닥으로 장단도 맞춰가면서
흘러간 옛 노래를 부르고 있었다
저리도 좋으실까
나도 흥이 나서
엄마 곁에 앉아 흘러간 옛 노래를 함께 불렀다
누워서 듣고 있던 외할머니가
'우리 웅이 잘한다'고
박수를 치며 환하게 웃었다
엄마도 함께 따라 웃는데
그 웃음이 어찌나 밝고 환한지
장대비에도 젖지 않았다

내 인생 최고 문화재

외가가 있는 문경 소양마을 입구엔
경상북도 문화재 제505호, 소양서원이 있다

엄마는 초등학교 1학년 때 이곳에서 한글과 노래를 배웠다
고 한다
손잡고 산책하는 길에
한 번도 들어보지 못한 노래를 들려줬다
60년 전에 배운 노래를 어떻게 기억할 수 있을까
희미해진 것을 다시 기억한다는 건 갑자기,
삶 쪽으로 열려진 도약인지 모른다
소녀처럼 노래 부르는 엄마가 참 신기했다

소양서원 툇마루에 엄마가 다소곳이 앉았다
다 받아내고 품었던 엄마 밝은 표정은
미생물처럼 아름다움을 일궈낸 삶의 향기가 배어 있다

모든 꽃들은 그녀에게 이르러 긍정적이었다

캄보디아인 라이김지는 나의 제수씨다
외사촌 동생 성무의 아내다
그녀와 함께 저녁을 준비한 적이 있다
라이김지는 된장찌개를 뚝배기에 끓이고
봄나물을 데쳐서 된장과 마늘, 들기름을 넣고 조물조물 무
쳤는데
맛있다
외할머니 손맛을 그대로 이어받았다
캄보디아에서 시집온 지 몇 년 되지 않았는데
외할머니 손맛이 제대로 난다

잘 웃고 친절한 그녀 곁,
말기 암 환자인 엄마 저녁을 준비하면서
푹신푹신한 봄밤이 몸에 착 달라붙는 걸 느꼈다

라이김지는 성무를 "자기야"라고 부른다
그 목소리를 따라 봄나물은 한 뼘씩 더 자랐고
모든 꽃들은 그녀에게 이르러 긍정적이었다

어느 것 하나 허투루 대하지 않고 품어 길렀던

엄마 웃음을 쏙 빼닮았다

강원도의 달

엄마 요양을 위해 강원도 화천으로 이주했다

두 고랑, 텃밭을 얻었다
아침부터 밭에 나가 옥수숫대를 뽑고 풀을 뽑고 골을 타 이
랑을 만들었다
난 힘이 없어 못 해, 투덜대면서도 엄마는 열심히 밭을 맸다

엄마 이마에 몽글몽글 돋는 땀이 새순 같았다
엄마가 저 밭에 심고 가꿀 꿈이 궁금해졌다

무언가 심는다는 건 뿌리가 무르지 않도록 해야 한다

오후엔 이랑 위에 배추 모종과 총각무를 심고 물을 줬다
돌본다는 건 스스로를 가꾸는 일이었다

일을 마치고 돌쑥 선배 집에서 곤드레나물밥을 먹었다

말기 암 진단받고

유기농 식단으로 바꾼 후에
먹을 것이 없다고 투덜, 투덜대던 엄마도
곤드레나물밥을 맛있게 잘 먹었다고
강원도의 달처럼 웃었다

엄마가 심은 씨앗처럼 단단하고 밝았다

외할머니 눈물 속엔 참 많은 언어가 살고 있다

외가를 떠나왔다

잘 먹고 어여 나아
잘 먹고 어여 나아

지난주 쓰러져 병원에 다녀왔던 외할머니
눈물 그렁그렁한 얼굴로
아픈 딸을 배웅한다

내 곁의 눈물은
덧난 것들 아물게 하는 힘이 있다

내 곁의 눈물, 엄마
엄마 곁의 눈물, 외할머니

엄마와 함께 걸었던 소양의 해 지는 풍경을
외할머니 눈물 속에 남겨놓는다
외할머니 눈물 속엔 참 많은 언어가 살고 있다

중심은 비어 있었다

엄마는 말기 암이 있는 듯 없는 듯 함께 살았다
그냥 품고 돌보고 가꾸는 동행이었다
잘 먹고 잘 자고 잘 웃고 아픈 데 없이 하루를 살았다
어떻게 죽음 앞에서도 전혀 위축되지 않을 수 있었을까?
엄마의 긍정적인 힘은 뭐라 설명하기가 참 힘들었다

엄마 곁을 떠나기 전 심은 배추와 총각무는
땡볕을 잘 견디며 뿌리를 내리고 있었다
잘 먹고 잘 자고 잘 웃는 엄마를 닮았다

난 가을 태풍을 견뎌야 하는
배추와 총각무의 미래가 불안해 보이지 않았다
그들이 내린 뿌리는 이미 수없이 많은 중심을 낳고 있었다

모두가 중심이었으므로 중심은 비어 있었다
둘이 아니지만 서로 독립적이었다
그냥 품고 돌보고 가꾸는 동행이었다

내 시의 뿌리

어느 것 하나 버리지 않고 다 챙겨놓으셨다
엄마 곁은 내 생의 유적지 같다

쥐 파먹고 먼지 쌓인
청춘의 비합법 정치 문자들이 문득 발굴되기도 하고
열정으로 달떠 올랐던 습작기 시들은
여전히 부끄러움도 모르고 씩씩했다

엄마 편지를 읽는 것이 제일 좋았다
"너의 시를 읽어보고 싶구나"
엄마 소망이 내 시의 뿌리였다

엄마가 염원했던 주류 문단 등단 코스는 밟지 않았지만
이제 날 시인으로 불러주는 동지들이 많다
이 시대와 가장 치열하게 투쟁하는 노동자들에게
그들의 벗, 시인으로 인정받는 것이 내가 생각하는 등단이
었다

싸움이 일어나는 곳에서 낭송을 하다 보면 안다

온몸에 스며드는 공감의 눈빛들
내가 받은 최고의 문학상이었다

내가 혁명가로 사는 일은 "푸짐한 문예 창작의 밭을 일구는
것"이기도 했다
문학적 상상력을 포기하지 않았으므로
오류를 되돌아볼 수 있었다

아픈 엄마 곁에서
다시 시와 혁명의 길을 생각한다

사랑은 온도로 전달하는 거다

엄마를 위한 시집을 준비하고 있다니까
선배 정규 형은 그런 시 쓰지 말란다

성웅아
엄마에 대한 사랑은
문자가 아니라 온도로 전달하는 거다
엄마로 인해 행복했다고
엄마 삶은 귀하고 소중했다고
안아드리는 거다
엄마 아픈 곳 주물러드리는 거다

그래요 형
쑥스러워
사랑의 온도를 전달하는 방법을 몰랐어요
엄마 고마워
발을 주물러드리고
엄마 사랑해
안아드리고

체온을 느끼면서

삼투압이었죠

엄마 몸이 밝게 빛나기 시작했어요

돌봄의 시간

임락경 목사님 건강 교실, 마무리 평가 시간에
아버지는 말했다
"나 때문에 집사람이 병들었는데
이 병 고치지 못하면 나도 오래 못 살 것 같다"

평생 당신밖에 모르고 살았던 아버지가
자신의 잘못을 인정하고 반성하는 모습을
처음 봤다

명령과 무관심으로 굳어졌던 우리 가족사에
돌봄의 시간은 한 번도 겪어보지 못한 기후처럼 다가왔다

아버지는 모든 것 다 내려놓고
남은 생애, 엄마 치유를 도우면서 살겠단다

엄마 표정에 스미는
아버지 그렁그렁한 눈빛이 보였다

엄마는 내 시집을 소리 내어 읽었다

학교 가기 싫어하는 아들 문성이
살살 꼬드겨 현장학습 신청하게 하고
강원도 화천에서 암 투병 중인 엄마에게 왔다

손자 문성이만 한 치료제가 또 있을까

그런데 엄마 첫 말은
세 번째 시집 나왔다더니 가져왔니?

나보다 더 기쁘고 설렜나 보다

엄마는 안경에 돋보기를 끼워
시집을 소리 내어 읽기 시작했다

문성이는 할머니 무릎을 베고 누웠다

이 모습을 오래도록 기억했으면 좋겠다
창문 밖 단풍은 엄마 목소리를 닮아 절정이었다

엄마는 존중받고 있었다

디스크 협착으로 앉거나 일어서는 것이 영 서툰 아버지는
매일 두 시간 정도 엄마에게 뜸을 떠준다

손마디 굵고 눈 어두운 아버지
쌀알 반 톨만큼 크기로 쑥을 잘 말지도 못하고
뜸 자리에 말은 쑥을 정확하게 올리지도 못했다
뜻대로 안 되니까 예전처럼 짜증 내고 성질도 부려보지만
끝내 포기하지 않았다

암세포에 스며드는 쑥뜸의 화기에
엄마는 고통스럽게 소리를 지르고
그럴 때마다 아버지는 어떻게 해야 할지 몰라 쩔쩔맨다

오늘도 뜸뜨는 시간은 전쟁통 같지만
난 이 상황이 그리 나쁘지 않았다
아옹다옹 싸우지만
엄마를 위하는 아버지 마음을 느낄 수 있었기 때문이다

텃밭을 구했다

엄마 먹을 유기농 농작물 키울 생각에
아버지는 싱글벙글
내가 본 모습 중에 가장 밝았다

지금 아버지가 하는 일은 아장아장, 전부 처음이었다
밥상을 받기만 했던 아버지가
엄마 먹을거리를 챙기고 설거지를 하고
매주 한 번 숯가마에 다녀오고
산책 시간에 맞춰 엄마 손 잡아끌어 길을 나선다
텃밭에 심은 배추와 총각무를
직접 손질하고 다듬어주기까지 했다

나이 칠십이 넘어서도 자기 습성을 바꿀 수 있다는 저력,
천하의 가부장이었던 아버지가
쑥스럽게도 배려를 알아가고 조금은 더 친절해졌다

엄마 웃음은 활짝 펴져 있었다
치유를 위한 결정적인 치료제,
엄마는 존중받고 있었다

내가 행복한 사람이야

저 아이들 살려야 하는데
우야노 우야노
평생 한으로 남을 텐데

뉴스를 보면서 세월호 아이들을 걱정하는
엄마 표정이 너무 슬퍼 보였다
슬픔도 깊으면 병이 된다는데
엄마를 밝은 빛 쪽으로 모셨다
파라솔 아래 함께 앉았는데
오전, 봄 햇살이 좋았다

봄볕에 의지해
엄마 시집 원고를 읽어드렸다
환하게 웃으신다
엄마, 어때?
웅이가 이렇게 커서 시인이 다 됐나 싶지
엄마를 위한 시를 다 짓고

참 잘 낳아놨네

엄마
엄마를 위한
세상에 한 권밖에 없는 시집이 곧 나올 거야
단 한 권밖에 없는 시집!
아들에게 그런 시집을 받다니 영광이네

난 행복도 모르고 사는 사람인 줄 알았는데
그러고 보니 내가 행복한 사람이야

당신이 행복한 사람이라 말하고 있는 엄마
달래 같고 냉이 같고 씀바귀 같고 취나물 같고 두릅 같고
복수초 같고 꽃다지 같고 애기똥풀 같고 노루귀 같고 얼레지
같고 처녀치마 같다
자기 향기로 생생한 봄빛이다

변방의 아들이 야생의 엄마를 만나다

붓꽃이 곱게 피어 있는
오늘은 엄마 칠순 생일입니다

화선지에 붓으로 시를 쓰고 머메이드지에 붙였습니다
칠순 잔칫상 앞으로 시서(詩書)를 전시했습니다

한복을 곱게 차려입고 오신 엄마는
시서 앞에 붓꽃처럼 오래도록 서 있었습니다
늦봄 볕처럼 화사했습니다

엄마 눈빛은
술 취한 아버지의 주정과 고함 소리도 닿지 않는 야생이었습
니다
때 되면 아버지 밥상을 차리지 않아도 되는 야생이었습니다
스스로 꽃피고 빛나는 야생이었습니다

한 생을 돌아 야생에 도착한 엄마에게 술 한 잔 올렸습니다
자신의 이름으로 독립한 "김장희 님께" 저자 서명한 시집도

선물하고

　시 한 편 낭송해드렸습니다

　응어리진 것들 풀어지고 있었습니다

　엄마는 울지 않고 오히려 붓꽃처럼 웃었습니다

　변방의 아들이 야생의 엄마를 만나 행복했습니다

마음이 발효되는 시간

2014년 10월 17일. 맑음
가을 경포대, 아들은 엄마 만찬이라며 저녁 식사를 준비하
였다. 무 볶음, 감자조림, 배춧국, 모두 너무 맛이 좋았다. 여행
을 하고 나니 몸도 한결 가벼워지고 밥맛도 좋아졌다. 화천, 춘
천, 홍천, 횡성, 평창, 강릉. 나를 위한 여행이었다.

— 엄마, 김장희의 일기 중에서

문득, 엄마는 경포대 가을 바다를 보고 싶다고 말했다
흘려듣지 않고 잘 챙겼다
엄마와 함께 떠나는 첫 여행,
마음이 살뜰해졌다

조선 된장, 간장, 고추장을 작은 유리 찬합에 담고
감자, 무, 배추, 천일염, 육수멸치와 다시다, 김치를 비닐 팩
에 넣어 아이스박스에 담았다
; 엄마가 암세포와 맺은 휴전협정이 오래오래 지속됐으면
좋겠다

단풍이 안내해준 길을 따라

엄마가 신접살림을 차린 강릉 경포대에 왔다

얼마나 어여뻤을까

가을 바다
엄마 두 눈에 가득 찼다

수평선의 경계가 허물어져
파랑 하늘이 파도처럼 쏟아져 들어왔다

엄마 생의 해안선은 파랑파랑 푸르렀고
파랑파랑 새 한 마리가 비상하기 시작했다
난 파랑새의 비상 궤도가
다시 수평선을 이루는 정경(情景)을 오래도록 지켜봤다

엄마 곁에 있으면 마음이 발효되는 시간이 있다

건기의 엄마

엄마 몸은 자연을 닮아가고 있다

지구가 흔들리면 엄마 몸도 흔들리고
지진이 나면 엄마 몸에도 지진이 났다

50년 만에 찾아온 강원도 봄 가뭄
엄마 몸도 마르셨다

몸의 균형이 깨지자 체하고 속이 울렁거리고 토하고 부종이
왔다
뜸을 뜨고 침을 찔러도 차도가 느렸다
; 결정적인 시기에 엄마 곁에 있지 못하고
울산 플랜트 현장에서 '21세기 노동의 새벽'을 쓰기 시작한
것을 후회했다

다행히
새벽에 작고 여린 비가 내렸다
건기의 엄마, 조금이라도 촉촉해졌으면 좋겠다

하늘과 땅의 기운이 엄마 몸에서 만나 풀처럼 돋아났으면 좋
겠다

　작고 여린 비 그친 아침
　엄마가 집 앞 텃밭을 매고 있다

　의욕적이었다
　땅을 모시고 사는 일은
　자기 힘으로 삶을 잘 가꾸는 일이었다

　오늘은 참 작고 여리며 맑은
　풀잎에 맺힌 물방울, 물방울 같은 날이다
　땅에 감응하는 엄마 생의 엽록소가 다 들여다보였다

방 안 가득 코를 찌르는 똥냄새가 그렇게 고마웠다

엄마는 믿을 수 없는 속도로 사위고 있다
생을 지탱했던 면역 세포들이
일제히
집단 자살을 선택한 것 같았다
이미 때를 놓쳤으나
오지 않는 시간을 기다리는 것이
내가 할 수 있는 일의 전부였다

울산 활동을 중단하고 엄마 곁을 지키는 것이
내가 찾은 시(時)였다
현미를 빻아 살짝 볶다 약수와 전복 내장을 다져 넣어 끓인
전복내장죽을 엄마 입에 떠 넣어주는 일
엄마 몸을 씻기고 속옷과 예쁜 개량 한복을 입히는 일
대소변을 받아내는 일
정기적으로 엄마 몸에 침뜸을 하고 말벗이 되어주는 일이
내가 찾은 시(時)였다
; 현대 의학이 포기한 상태였지만 다행히 위암 말기 환자들
이 겪는 극심한 통증은 없었다

통증 없는 잠자리를 지키며

난 엄마 생에 깃들 수 있다면 때 늦는 법은 없다고 다짐하고
또 다짐했다

방에 요강을 갖다 놔도 몸을 제대로 가누지 못하는 엄마를
위해

접이식 간이 좌변기를 주문했다

오늘 엄마는 간이 좌변기에 위태롭게 앉아

오랜만에

흥건하게 소변을 보고 수북하게 똥을 누었다

방 안 가득 코를 찌르는 지린내가 그렇게 고마웠다

방 안 가득 코를 찌르는 똥냄새가 그렇게 고마웠다

엄마

아들 앞에서 부끄러워하지 않아도 돼

아들에게 미안해하지 않아도 돼

엄마가 다 해줬던 거잖아

오히려 내가 엄마 생에 때맞춰 살지 못해 미안해

눈물 그렁한 엄마 눈빛에 젖어 들며
그녀의 부은 손을 오래도록 잡아주었다

치유의 집

아픈 엄마는
뇌출혈이 오고 있는 아픈 아들을 당신 곁으로 불러들여
위험한 고비를 넘기게 했다
아픈 아들은 아픈 엄마의 고통 없는 잠자리를 지어주고 싶었
다
; 아픈 엄마를 돌본다는 건
비판과 폭로로는 도달하지 못했던 생애 가장 아름다운 시
㈜로의 이행이었다

아늑하고 포근해서 다시 돌아 나가고 싶지 않은 터에 길을
내고
한옥 흙집, 엄마를 위한 치유의 집을 짓기 시작했다

일어설 수 있고 밥이라도 할 수 있으면
그런 희망을 가질 수 있다면
엄마는 말끝을 흐렸다
일어서지도 못하는데 괜한 이야기를 해서
널 고생만 시키고

엄마 눈빛이 처연해졌다

부기가 빠진 엄마 손발은
부러질 것처럼 앙상하게 뼈만 남았다
; 더 이상 의학적으로 해줄 수 있는 것이 없다 호스피스 병동
으로 옮겨라
몇 달 전 받은 진단은 큰 의미가 없었다
자식에게 한을 남기지 않기 위해
엄마는 이미 죽음의 한도를 넘어서고 있었다

아직 현관문도 마무리하지 못했는데
구들방 문도 달지 못했는데
깔끔하게 집을 완공해서 모시고 싶었는데
엄마가 좀 더 기다려주시지 않을 것 같아 불안했다

부족하더라도 정성이었다
아침부터 구들방에 불을 넣고 물걸레 청소도 했다
거실에 냉장고도 옮겨놓고 가스레인지 불도 점검했다

구들방은 따뜻하고 가을볕도 잘 들었다

점심 무렵
걷지 못하는 엄마를 품에 안아 구들방에 모셨다

엄마가 소망했던 방 안에 정지가 있는 한옥 흙집이야
엄마 눈빛이 가늘게 흔들렸다

가을볕 좋은 남쪽 창문을 열었다
머리맡에서 엄마 시선에 내 시선을 포갰다
단풍 들기 시작하는 잣나무 숲을 오래도록 바라봤다
엄마 생의 둥근 마침표에 곱게 단풍 들어 하트 모양을 이루
었다
주름 없이 활짝 펴진 사랑이었다
제 곁에 있어 줘서 고마워요, 엄마
눈을 감은 엄마 표정에 가을볕이 스며 아늑했다

곁

   방 안에 정지가 있는 한옥 흙집에서 이틀을 주무시고 떠나
셨다
   가족 납골당에 엄마를 모시고 집에 도착했을 때
   엄마 체온이 느껴지지 않았다
   방 안에 정지가 있는 한옥 흙집이 무섭도록 낯설어졌다

   좀처럼 속을 드러내지 않았던 잣나무 숲은 잠시 단풍이 지나
가자 더욱 외로워졌다
   정처 없고 막막한 시간 속으로 정갈한 엄마 말씀이 폭설이 되
어 내리기도 했다
   곁을 잃어버리자 세계가 위험해졌다

   주소지가 없는 바람꽃이 인적이 끊긴 방문을 두드렸다
   가쁜 숨을 몰아쉬고 있었다
   죽음의 한도마저 넘어서고자 했던 엄마 눈빛이 생각났다
   말기 암마저도 몸에 온 손님처럼 맞이했던 특이하고도 긍정
적인 눈빛이었다
   다 내어준 후에야 비로소 채워지는 너른 곁,

그 눈빛이 내 심장에 서렸다

엄마는 가뭄에도 마르지 않고 한파에도 얼지 않는 약수터를
남겨주었다
새벽녘 일어나 약수 한 대접 들이켰다
이번 생이 생생해지는 것 같았다
바람의 기원에 가닿은 잣나무 숲은
내 생의 뿌리를 뒤흔들 뭇별들을 격려처럼 쏟아내고 있었다

엄마 곁에 있으면 느껴지는 게 있었다
곁은 장악할 목표가 아니라
자기 생을 고스란히 내어주고 서로 깃드는 것이었다
깃들어 받들고 받들어 일어서는 것이었다
내 생에 스민 봉기였다

잣나무 숲이 자꾸 생각났다

사위어가는 잣나무 숲을 오래도록 바라봤다
단풍은 어느새 절정을 향했지만 계절이 느껴지지는 않았다

산알 선배는 들깻단을 태우며
"그렇게 힘들어하면 엄마가 맘 편히 가시겠어요?
이제 엄마 보내드리세요.
엄마를 맘 편히 보내드리는 게 효도예요."라고 말했다
난 이 말에 오래도록 이끌렸다
곧 들깨 향이 짙은 저녁이 올 것이다

엄마와 함께 바라본
저물어가는 잣나무 숲이 자꾸 생각났다

뭇별

아늑하고 포근해서
다시 돌아 나가고 싶지 않은 땅이 된 엄마가
강원도 화천군 사내면 도일길 58−336번지에 뭇별처럼 떴다

밝게 빛나는 뭇별은 자립적이었으나
스스로가 한없는 곁이었다

뭇별이 율동할 때마다 가야금 산조처럼 소리가 났다
백만 광년까지 펼쳐졌다

미생물로 돌아갔던 엄마가
손 내밀어
내 삶에 빛으로 와닿은 시간이었다

김장

장모님이 교통사고로 돌아가시고
오빠 집에서 김장을 얻어먹던 아내가
올해는 김장을 해야겠다고 봄비가 스치듯 한 번,
사뭇 진지해진 첫눈처럼 또 한 번 이야기했습니다

나에게 김장이 어떤 의미인지 알아?
글쎄
엄마가 교통사고로 돌아가시고 나서 왜 내가 김장을 안 한
것 같아?
잘 모르겠어
정말 몰라?
엄마의 부재를 인정하고 싶지 않았기 때문이야
이번 김장은, 엄마 없이 비로소 내가 혼자 살아가야 한다는
거야!

아내가 엉엉 울기 시작했는데요
엉엉 우는 것만이 가장 투명한 그리움일 때가 있어요
그녀 눈빛이 온통 맑은 물기로 그득해지는데

좀 더 헤아리지 못해 미안하다는 말도 꺼낼 수 없었어요
사실 어떤 다짐이라는 것도 두툼해진 변명에 가깝거든요
우는 아내 곁에서 제가 할 수 있는 일은 그녀 발을 다정하게
주물러주는 거였어요
아내가 가장 좋아하고 내게 원하는 것이기도 했으나
울음의 감각은 오직 온도로 느껴지기 때문이죠

오늘은 아내가 결혼하고 나서 처음으로 김장을 하는 날입니다
아내와 소소한 일상까지 나누고 사는 덕종 언니, 세진 언니,
동생 선미, 이웃 마을 사는 병도까지 와서 김장을 하는 날입니
다

오늘은 아내가 엄마의 부재를 딛고 독립한,
엄마 없이 비로소 자기 힘으로 살아가는 첫날입니다

지는 꽃이 아름다워야 한다고 생각하며 며칠을 보냈습니다
그녀 곁을 온기로 채우는 일이 무엇보다 중요한 일이 됐습니다

땅과 사귀다
― 맨발로 걷는 아이, 지이

아픈 엄마가 이틀 주무시고 간 화천 한옥 흙집에
맨발로 걷는 아이, 지이가 산다

손잡고 아장아장 맨발로 걷다가 넘어지고 울다가
다시 일어서고 웃다가 계절이 바뀌고 삶이 자랐다
외롭고 쓸쓸했던 아버지도 지이 곁에서 생의 기운을 얻었을
것이다

신발을 신겨줘도 한사코 벗어버리고 맨발로 걷는 지이가
참 신비롭게 보였다

아장아장
맨발로 걷는 지이는
강원도의 하늘과 땅을 온몸으로 이어 사귀게 했다

하늘과 땅의 기운이 지이 몸에 차오르고
아장아장 서툰 몸짓 하나하나가 춤이 되는 경이를 오래도록

지켜봤다

설렜다
땅에 밀착된 저 감각을 내 삶에 들여 결정적으로 달라지고
싶었다

입자와 파동이 하나고
시간의 집과 공간의 집이 하나며
땅과 몸이 하나고
혁명을 앞서서 실행하는 사람들과
다중(多衆)이 하나란 걸
땅의 미주 신경에 뿌리내리는 저 맨발의 감각은 안다
그냥 안다
굳이 설명 따위 필요 없다
땅과 사귀어 두 발로 선 곳이 세상의 모든 중심이었다

지이, 저 맨발의 감각으로부터
해가 뜨고 달이 차오르며 삶이 자라고

상처가 치유되는 시간이 시작되리란 걸 직감했다

맨발로 걷는 아이, 지이는
땅을 모시고 살며 자연이 근본이라고 생각하는
수진, 준일로부터 왔다

수평의 대지를 향한 곁의 정치
─ 맨발의 시학과 시의 고공농성

이성혁

1

조성웅의 네 번째 시집『중심은 비어 있었다』의 발문을 쓰기로 약속한 지 세 달이 훌쩍 지나갔다. 봄에 출간되리라고 시인은 기대했을 텐데 그만 지금은 여름 초입에 들어서고 있다. 시인에게 미안한 일이다. 왠지 글쓰기에 들어서기가 힘들었다. 좋은 글을 쓸 수 있을지 자신이 없었다. 올봄은 내게 힘든 계절이었다. 코로나 때문이기도 했다. 우울과 자기혐오의 늪에 허우적대는 시간을 보냈고 지금도 여전히 그 늪에서 벗어나지 못하고 있다. 하지만 이 시집 원고를 읽으면서 어떤 힘을 얻을 수 있었는데, 한편으로는 현재 필자의 마음 상태에서 필자가 이 시집에 뭔가 말을 보탤 수 있겠는가 걱정이 앞서기 시작했다. 글을 쓰고 있는 이 순간에도 그러한 걱정은 가시지 않고 있지만 발문을 쓰겠다는 약속을 어길 수는 없는 일, 늦었더라도 힘을 내야지 한다. 시집의 발문을 부탁한다는 것은 우정을 건네는 일이기도 하다. 문학을 하는 사람들끼리 우정이야말로 소중한 것이 더 있을까. 이 발문이 시인이 표한 우정에 대한 답례가 될 수 있기를 바란다.

조성웅 시인은 비평가로서의 필자를 믿고 말을 건네준 몇 안 되는 시인 중 한 명이다. 먼저 말을 건넨 건 필자이다. 2007년 한국작가회의 기관지『내일을 여는 작가』에 시인의 두 번째 시집『물으면서 전진한다』에 대한 평론을 실었다.(이 평론은 필자의 평론집『미래의 시를 향하여』의 표제작으로 실렸다.) 이 평론을 본 시인이 메일을 보냈다. 자신의 문학관에 대한 글도 보내주었다. 하지만 필자가 이에 제대로 된 대답을 보내지 못했기 때문에 메일 교류는 지속적으로는 이루어지지 않았다. 시인이 필자에게 동지라 칭하며 우정의 손을 내밀었지만 필자는 움츠러들고 뒤로 발을 뺐던 것이다. 하지만 조성웅 시에 대한 신뢰를 가지고 있었기 때문에, 그의 시가 발표되면 유심히 읽어왔다. 그리고 그는 투쟁하는 시인이며 투쟁의 현장에서 시적인 것을 붙잡는다는 것을 계속 확인해왔다. 시와 투쟁이 한 몸이 되어 시와 삶 서로가 서로를 끌어올리는 것, 그리하여 세상을 열정으로 뜨겁게 만드는 것, 이것이 시인으로서 그가 가지고 있는 시의 비전이다. 그는 20여 년 동안 시를 발표하면서 이 비전을 잃은 일이 없다. 이 시집이 보여주고 있듯이 말이다.

조성웅 시인의 시에서 핵심적인 이미지는 평등의 이념을 보여주는 '수평'의 이미지다. 수평의 존재가 연대를 이룰 수 있다. 이 수평을 훼손하는 권력은, 그 권력이 노동운동을 표방한다고 하더라도 그의 비판 대상이다. 수평의 연대가 끌어올리는 힘은 식물의 생명력이 잘 보여준다. 2013년에 출간된 그의 세 번째 시집 제목인 '식물성 투쟁의지'라는 말은 시인의 시적 사유를 응축적으로 전해준다. '투쟁'하면 야수의 이미지를 떠올리게 되지만 시인은 '식물'에서 거대한 투쟁의 힘을 발견한다. 시적 상상력에 의한 발견이다. 이러한 발견은 이미 두 번째 시집에서도 이루어지고 있었다. 필자의 평론에서 인용하자면, 이 시집에서 "물결처럼 세상에 퍼지는 새순은 전망으로 향한 길의 시적인 형상"(『미래의 시를 향하여』, 414쪽)으로 나타나고 있었던 것이다. 『식물성 투쟁의지』에서 시인은 투쟁 과정에서 현현하는 그 급진적인 전망을 더욱 구체적으로 탐구하면서, 그와 함께 생명의 힘, 뿌리로부터 나오는 그 힘을 발견한다. 그리고 물과 같이 흐르는 연대로부터 더욱 강력해지는 생명력이 구체적인 투쟁 현장에서 어떻게 발현되는지 찾아내고, 그 존재론적이고 정치적인 의미를 깨닫는다. 그 깨달음은 시적이다. 형상과 이미지를 통해서 직관적으로 얻게 되는 깨달음이기 때문이다.

아마 조성웅 시인만큼 투쟁 현장이나 노동 현장에서 주로 시를 길어 올리는 시인은 많지 않을 것이다.(그리고 그는 자신의 급진적인 정치적 입장을 직접적으로 표명한다.) 그에게는 그러한 현장이 시적인 것이 묻혀 있는 보고(寶庫)인 것이다. 그의 시집에는 숱한 노동운동 열사들이 호명된다. 그 열사들이 잊히면 안 된다는 듯이. 그에겐 그 열사들의 삶이야말로 시적이다. 그리고 투쟁하는 노동자 계급과 다중이 등장하고 이들의 말이 인용되고 행동이 묘사된다. 그럼으로써 한국 프롤레타리아(다중)의 자기 목소리를 독자에게 들려주고 가시화한다. 이 프롤레타리아의 자기 목소리 역시 그에게는 시다. 온갖 스펙터클과 제도에 의해 왜곡되고 훼손된, 그리고 탈취되어 있는 이들의 목소리와 이미지는 조성웅의 시에서 비로소 자기 자신으로 돌아온다. 그의 시에서 그들은 조정당하고 대의되어야 할 수동적인 객체가 아니라 독립적이고 능동적인 주체성으로서 자신의 존재를 존엄하게 드러내고 있다.

2

앞 절에서 조성웅의 시세계를 대략적으로 말하게 되었는데, 여기 상재되는 네 번째 시집은 위에서 언급한 그의 시세계의 특성을 이어받으면서도 좀 더 서정의 색감이 짙어졌다. 시인의 삶이 더욱 세상의 바닥으로 스며들어 갔기 때문이다. 특히 어머니의 죽음과 그로 인한 슬픔과 깨달음이 시인을 삶에 대한 더욱 깊이 있는 성찰로 이끈 것이 아닌가 한다. 암 선고를 받은 어머니와 마지막 생활을 하면서 쓴 시편들은 3부에 실려 있다. 32편이 실려 있는 이 3부는 이 시집 안의 또 다른 시집이라고 할 수 있다. 시인은 2014년, 암 투병 중인 어머니에게 『엄마는 새로운 세계의 첫날처럼 웃었다』라는 작은 시집을 만들어 어머니의 칠순 생일에 바친 바 있었다. 23편의 시가 실려 있는 이 시집은 20부 한정판으로 출간한, 시인의 어머니만을 위한 시집이었다. 이 사정은, 당시 시인이 필자에게 어머니가 "곁의 정치"를 가르쳐주셨다면서 이 시집의 pdf판을 선물로 보내주었기 때문에 알고 있다.

이 작은 시집은 어머니가 살아계셨을 때 출간한 것, 이 『중심은 비어 있었다』의 3부는 그 시집을 수정, 증보한 것으로 어머니 사후의 일까지 담은 시까지 싣고 있다. 독자적인 작은 시집을 증보한 것이기에, 3부는 그 자체의 통일성과 완결성을 갖추고 있다. 3부는 "엄마가 아프고 나서야" 처음으로 '엄마'의 발을 시인이 느끼는 「작고 하얀 발」에서 시작하여 '엄마'가 이 세상 마지막 이틀을 보낸 "화천 한옥 흙집에/맨발로 걷는 아이"가 조명되는 「땅과 사귀다」로 끝난다. (3부의 서두와 끝에서 클로즈업되는 이 '발'은 3부를 관통하는 핵심적인 상징물이다.) 3부 두 번째 실린 시에서 시인이 어머니가 암에 걸린 사실을 알게 되는 장면이 나오고, 3부의 말미 시편들에는 어머니의 죽음과 그 이후의 일이 전개된다. 이렇듯 3부는 하나의 완결성을 갖춘 스토리가 형성되어 있어서 마치 어떤 한 편의 영화를 보는 느낌을 준다.

이 스토리에서 필자에게 찡하게 다가오는 부분은 아버지에 대한 부분이었다. 「가부장은 타도되어야 한다」를 보면, 아버지는 "엄마를 함부로 대하"고 "술만 취하면 개가 되"는 가부장제의 화신이며 시인은 그러한 아버지 "멱살을 잡고 주먹을 움켜"쥔 후 "깊이를 알 수 없는 바닥에서" "먹물처럼 한참을 엉엉" 운다. 하지만 그러한 아버지도 어머니의 병이 깊어지자 "모든 것 다 내려놓고/남은 생애, 엄마치유를 도우면서 살겠"(「돌봄의 시간」)다고 선언하고는 어머니에게 뜸을 떠주거나 "엄마 먹을거리를 챙기고 설거지를"(「엄마는 존중받고 있었다」) 해준다. "천하의 가부장이었던 아버지가/쑥스럽게도 배려를 알아 가고 조금은 더 친절해졌"(「엄마는 존중받고 있었다」)던 것이다. 아버지와 시인의 격한 갈등이 사실적으로 그려져서 마음이 아팠으나 아버지가 변모하는 장면은 마음이 따뜻해지는 감동을 주었다. 배려하는 마음을 알아가면서 아버지는 위에서 아래를 누르는 가부장의 수

직적인 삶에서 수평적인 삶으로 전환해갔을 것이다. 그 전환은 아픈 어머니의 곁에 오래 있으면서 아버지의 마음이 그녀에게 감화되었기에 가능했다.

조성웅 시인은 어머니로부터 '곁의 정치'를 배웠다고 했다. 그 정치란, "곁은 장악할 목표가 아니라/자기 생을 고스란히 내어주고 서로 깃드는 것"(「곁」)이다. 이에 따르면 '곁의 정치'란 존재론적으로 수평의 삶들이 서로 깃들고 스며드는 것을 바탕으로 삼은 정치다. 이때의 깃듦이란 "받들어 일어서는 것"이며, "생에 스민 봉기"(「곁」)이기에, 생명의 힘이자 저항의 힘이 된다. 어머니의 곁이 알려주는 이 잔잔한 깃듦, 이야말로 거대한 힘의 원천이다. 시냇물이 거대한 강이 되듯이 말이다. 어쩌면 시인의 아버지도 알게 모르게 어머니로부터 곁의 정치를 체득하신 것인지 모른다. 곁에 계신 어머니가 아버지의 생에 깃들면서 그 역시 어떤 힘의 일어섬을 느꼈을 터, 그의 "생에 스민 봉기"는 성심성의껏 배려하는 행동으로 표현되고 현실화되었을 것이다.

조성웅 시인에 따르면 아이의 곁에게 먹을 것을 먹이는, "밥이 곧 하늘"로 아는 '엄마'야말로 "비교할 수 없는 생의 깊이"(「참 불가사의한 힘」)를 살고 있는 이다. 그리고 뿌리까지 내려간다는 것을 의미하는 래디컬(radical)의 뜻 그대로, "뭇 생명들을 먹여 키우"면서 생명들을 살리는 일이야말로 "가장 급진적인 민주주의"(「참 불가사의한 힘」)임을 그는 어머니의 곁에서 깨닫는다. 어머니는 '몸-생명'과 정치의 수평적인 융합이 급진성임을 가르쳐준다.(곁에서 아이 입에 밥을 넣어 먹이시는 어머니의 모습은 전혀 수직적이지 않은, 수평적인 이미지다.) 물론 곁에 계신 어머니는 밥만 먹이시진 않는다. "마음이 발효되는 시간"(「마음이 발효되는 시간)을 주시기도 한다. 마음이 발효된다는 것, 그것은 아름다움으로 정동된다는 것이다. 수평의 이미지가 주는 아름다움. "파랑새의 비상 궤도가/다시 수평선을 이루는 정경(情景)"(「마음이 발효되는 시간」)과 같은 아름다움. 그렇게 생명과 정치의 수평적 융합은 아름다움을 표현한다. '예술ー시'는 이러한 아름다움을 포착하고 예술의 언어로 표현해내는 것이다. 그래서 아래의 시에서 펼쳐지는 아름다운 정경은 정치와 무관하지 않다.

현미 잡곡밥, 청국장, 도토리묵, 마늘, 고추장아찌를 곁들인
저녁을 먹었다

설거지를 하고 엄마와 함께 소양, 해 지는 들녘을 걸었다

가팔랐던 내 마음도 어느새 평평해졌다
엄마가 살아왔던 이야기들이 벼 이삭처럼 자라는 해 지는 들
녘이었다
차랑차랑 벼 이삭을 흔들며 단내 나는 바람이 불었다
고단하고 쭈글쭈글했던 엄마 삶이 조금씩 펴지고 있었다

엄마 손은 고즈넉했으나
그 손을 오래도록 잡고 있으면
문자로 요약될 수 없는 따뜻함이 느껴졌다
난 이 따뜻함에 기대어
서로 품고 스며드는 시간 속으로 가고 싶었다
                    ―「소양, 해 지는 들녘을 걷다」 전문

평평한 들녘에 어머니와 함께 평평하게 손을 잡고 걷는다. 어머니는 당신이 살아왔던 삶, 주름—시인의 '내 참회록'(「주름」)인—으로 각인되어온 고단했던 시간들을 이야기해 준다. 삶의 이야기들을 건네면서 "쭈글쭈글했던" 시간들은 "조금씩 펴지"면서 들녘의 "벼 이삭처럼 자라"난다. 그런데 들녘을 걷고 있는 시인의 마음은 그 들녘처럼 "어느새 평평해"지지 않았던가? 이미 그의 마음은 들녘에 미메시스 되었던 것이다. 그래서 들녘의 벼 이삭처럼 자라나는 어머니의 이야기들은 시인의 마음속에서도 자라난다. 어머니의 이야기—문학—도, 이삭처럼 평평한 세계에서 자라나는 생명이다. 그 생명은 시인의 마음을 살찌워준다.(시인의 다른 표현에 따르면 마음을 발효시켜 준다.) 이야기의 건넴뿐만 아니라 몸 역시 생명의 교류를 가능케 하는 통로이다. 어머니의 "손을 오래도록 잡고 있"으면 따뜻함의 감각을 통해서 생명이 전달된다. 생명의 교류란 사랑이다. 그리하여 사랑이 현현하는 시간, "서로 품고 스며드는 시간"이 창출된다.

해 질 무렵, 암 선고를 받은 어머니가 다 큰 아들과 손을 잡고 들녘을 거닐며 자신이 살아왔던 삶을 이야기하는 위의 시의 장면은 눈물겹지만 아름답다. 이야기는 고단했던 주름진 시간들을 들녘처럼 펼치며 아들의 마음속으로 스며들고, 그리하여 어떤 사랑이 이루어진다. 수평의 세계가 창출하는 사랑의 아름다움. 이러한 사랑은 조성웅 시인이 어머니와 마지막으로 눈을 맞추었던 순간을 보여주는 「치유의 집」—이 시는 3부에서 가장 독자의 가슴을 먹먹하게 만드는 시일 것이다—의 마지막 연에서도 현현한다.

가을볕 좋은 남쪽 창문을 열었다

머리맡에서 엄마 시선에 내 시선을 포갰다

단풍 들기 시작하는 잣나무 숲을 오래도록 바라봤다

엄마 생의 둥근 마침표에 곱게 단풍 들어 하트 모양을 이루
었다

주름 없이 활짝 펴진 사랑이었다

제 곁에 있어 줘서 고마워요 엄마

눈을 감은 엄마 표정에 가을볕이 스며 아늑했다

―「치유의 집」 부분

위의 장면을 읽고는 아름다움을 느꼈는데, 좀 죄스럽기도 했다. 죽음의 순간에 대해 아름다움을 느끼다니. 하지만 그 아름다움은 사디즘이나 유미주의에서 오는 것은 아닐 것이다. 모든 죽음이 동일한 것은 아니다. 하나의 생명이 이 세상에서의 삶을 다한다는 것은 모든 죽음에 동일하나, 죽음마다 모두 개별적인 사연이 있고 그래서 독특한 무엇을 표현한다. 위의 장면은 죽음의 순간에 완성되면서 현현하는 깊은 사랑을 보여주기에 "문자로 요약될 수 없는" 어떤 아름다움을 경험하게 한다. 저 순간에 삶의 주름은 사랑으로 "활짝 펴"지고 있어서, 어머니의 죽음, 그 "둥근 마침표"는 죽음으로 끝나지 않는다. "하트 모양을 이루"면서 사랑의 힘으로 되살아난다.(그래서 그 죽음은 "가을볕이 스며 아늑"한 "눈을 감은 엄마 표정"이 보여주듯이 비관과 참담을 낳지 않는다.) 저 장면의 아름다움은 죽음에도 불구하고 죽음을 넘어서는 어떤 사랑으로부터 표출되는 것이다. 물론 「잣나무 숲이 자꾸 생각났다」가 보여주듯이, 시인은 한동안 가장 깊은 사랑을 잃었다는 슬픔과 고통으로부터 벗어나기는 힘들겠지만 말이다.

"너의 시를 읽어보고 싶구나"라는 "엄마 소망이 내 시의 뿌리"(「내 시의 뿌리」)라고 시인이 말하고 있듯이, 어머니의 마지막 삶에서 느꼈던 사랑이야말로 조성웅 시의 뿌리일 것, 그 사랑을 가능케 하는 생명의 힘이 그가 생각하는 급진적인 정치의 존재론적인 바탕일 테다. 즉 그에게 급진적인 정치는 대지 — '들녘' — 의 세계에 발을 딛고 살아가는 독립된 자들의 수평적인 사랑의 연대를 존재론적인 바탕으로 삼는다. 평등하고 독립적인 개체들을 키워내는 대지의 세계는 그 자체가 존재론적으로 래디컬하다. 대지에 뿌리를 내린 개체들은 독립적이지만 그 바탕은 대지를 통해 연결되어 있으며 서로가 서로에게 스며들어 있다. 그래서 이 대지에서는 "모두가 중심이었으므로 중심은 비어 있"으며, "둘이 아니지만 서로 독립적"인 각자는 서로를 "그냥 품고 돌보고 가꾸"(「중심은 비어 있었다」)면서 '동행'한다. 모두가 이러한 동행을 해나가며 서로의 삶을 생성시키는 정치가 "살아 활동하는 가장 급진적인 민주주의"(「참 불가사의한 힘」)인 '곁의 정치'인 것이다.

3

우리의 신체에서 대지와 접촉할 수 있게 해주는 기관은 바로 발이다. 앞에서 언급한 바 있듯이, 3부의 첫 시인 「작고 하얀 발」에서 시인은 '엄마'의 발을 어루만지며 "작고 하얀 발"을 느낀다. 그것은 어머니의 발에 스며들어 있는 어머니의 삶, 대지와 접속해왔던 어머니의 그 삶을 촉각적인 이미지로 감지하는 것이다. 그는 어머니의 발을 통해 우리 세계의 존재론적인 바탕과 접속하며, 그 접속은 시인을 다시 급진적인 존재로 성장시킬 것이다. 3부의 시편들이 보여주듯이 말이다. 시인만이 아니다. 이 대지의 세계에서는 죽은 자도 대지에 스며들어 산 자를 먹여 살린다. 산 자는 대지 위에서 죽은 자의 정기를 받아 자라난다. 어머니가 이승에서의 마지막 이틀을 보냈던 '한옥 흙집'의 '땅'에는 죽은 어머니의 존재가 스며들어 있을 터, 이곳에 살면서 땅 위를 '아장아장' 맨발로 걸으며 대지와 접촉하고 있는 아기 '지이' 역시 대지에 용해되어 있는 어머니의 정기를 이어받을 것이다. 그리하여 이 아기 역시 대지의 급진성을 새로 품은 주체로서 자라날 것이다. 조성웅 시인은 이 '맨발의 지이'를 보면서, 3부의 마지막이자 이 시집의 마지막에 실려 있는 아래의 시를 썼다. 아래 시에서는 '하늘'이라는 시어가 등장하면서 앞에서 읽은 시편들의 시세계에 새로운 시적 사유가 덧붙여진다. 다시 읽어본다.

아픈 엄마가 이틀 주무시고 간 화천 한옥 흙집에
맨발로 걷는 아이, 지이가 산다

손잡고 아장아장 맨발로 걷다가 넘어지고 울다가
다시 일어서고 웃다가 계절이 바뀌고 삶이 자랐다
외롭고 쓸쓸했던 아버지도 지이 곁에서 생의 기운을 얻었을
것이다

신발을 신겨줘도 한사코 벗어버리고 맨발로 걷는 지이가
참 신비롭게 보였다

아장아장
맨발로 걷는 지이는
강원도의 하늘과 땅을 온몸으로 이어 사귀게 했다

하늘과 땅의 기운이 지이 몸에 차오르고
아장아장 서툰 몸짓 하나하나가 춤이 되는 경이를 오래도록
지켜봤다

설렜다
땅에 밀착된 저 감각을 내 삶에 들여 결정적으로 달라지고 싶
었다

입자와 파동이 하나고
시간의 집과 공간의 집이 하나며
땅과 몸이 하나고
혁명을 앞서서 실행하는 사람들과
다중(多衆)이 하나란 걸
땅의 미주 신경에 뿌리내리는 저 맨발의 감각은 안다
그냥 안다
굳이 설명 따위 필요 없다
땅과 사귀어 두 발로 선 곳이 세상의 모든 중심이었다

지이, 저 맨발의 감각으로부터
해가 뜨고 달이 차오르며 삶이 자라고
상처가 치유되는 시간이 시작되리란 걸 직감했다

맨발로 걷는 아이, 지이는

땅을 모시고 살며 자연이 근본이라고 생각하는

수진, 준일로부터 왔다

— 「땅과 사귀다」 전문

　조성웅 시인이 "맨발로 걷는 지이"에서 신비로움을 느끼게 된 것
은 왜일까. 지이가 "하늘과 땅을 온몸으로 이어 사귀게"하고 있었
기 때문이다. 하늘과 땅을 잇는 몸짓이란 춤이다. 춤은 위에서 아래
로 내리누르는 중력에 대한 저항을 통해 이루어지는 예술이다. 춤
은 대지로부터 벗어나고자 하는 몸짓이라기보다는 대지를 지지대
로 삼아 하늘로 솟구치는 몸짓이다. 춤에서 하늘과 대지는 대립하
지 않고 도리어 사이좋게 연결된다. '경이'롭게도 그러한 춤이 되고
있는 지이의 "아장아장 서툰 몸짓"을 보면서, 시인은 하늘과 대지와
새로 삶이 자라나는 아기가 어우러지면서 생성되고 있는 세계의 신
비로운 힘을 감지한 것이다. 지이의 몸짓이 춤이 될 수 있었던 것은
"하늘과 땅의 기운이 지이 몸에" 차올랐기 때문이다. 그것은 아기의
발이 "땅에 밀착"되어 있기에 가능하다. 땅에 밀착되어 대지의 기운
을 받은 발은 비로소 중력을 이기고 춤을 출 수 있는 발이 되어 하늘
을 향해 솟구칠 수 있다. 시인은 지이의 "땅에 밀착된" "맨발의 감각"
을 자신의 "삶에 들여 결정적으로 달라지고 싶었다"고 말한다. 그것
은 자신 역시 지이처럼 춤을 출 수 있는 존재로 변신하고 싶은 욕망
이겠다.

　위의 시에서 가장 긴 7연에서, 조성웅 시인은 저 "맨발의 감각"이
응축하고 있는 의미를 격정적으로 펼쳐낸다. 이에 따르면, 그 감각
은 세계의 존재방식을 "설명 따위 필요 없"이 직감적으로 안다. "입

자와 파동" "시간의 집과 공간의 집" "땅과 몸" "혁명을 앞서서 실행하는 사람들과/다중"이 하나라는 존재 방식을 말이다. 춤추는 맨발은 대지와 하늘을 이으면서 세계의 그러한 존재 방식을 몸으로 알아낸다. 그것은 땅과 몸이 하나인 근본으로 돌아감으로써 가능하다. 저 지이의 몸도, 우리 각자의 몸 하나하나도 하나의 세계를 구성하고 있다. 세계가 하나라는 것은 전체주의적인 하나를 의미하지 않는다. 그것은 스피노자를 따라 세계의 실체는 신이라고 할 때의 하나이다. 우리 각자는 그 실체―신―를 구성하는 독립적인 개체다. 우리 하나하나는 세계의 실체를 이루며 그래서 우리 각자는 모두 신인 것이다. 그렇기에 세상의 중심은 모든 곳에 있다. 모두가 평등하게 세계를 구성하고 있기 때문이다. 세계에 존재하는 만물은 그 어느 하나도 소중하지 않는 것이 없는 세계의 실체, 신이다. 시인은 아장아장 걷는 맨발의 지이로부터 이러한 사유를 얻어내고 있다.

다시 말해 우리는 이 하나의 실체인 세계를 구성하면서 우리 역시 실체로서 존재한다. 실체는 고정되어 있지 않다. "시간의 집과 공간의 집이 하나"이기에, 시간의 변화에 따라 공간도 변화한다. "해가 뜨고 달이 차오르며 삶이 자라"나는 것이 이 세계의 실체다. 시인의 어머니는 목숨이 다해 대지 밑으로 내려가셨지만 갓 태어난 지이가 대지 위에서 자라난다. 그래서 가장 사랑했던 이를 잃는 상처 역시 치유될 수 있다. "상처가 치유되는 시간이 시작"될 수 있다. 이 세계에서는 새로이 사랑할 수 있는 사람이 뒤이어 태어나 자라날 것이기 때문이다. 지이를 낳은 "수진, 준일"이 "땅을 모시고 살며 자연이 근본이라고 생각하"듯이, 시인에게는 이러한 세계의 존재 방식―'자연'–이 가장 근본적–래디컬–이다. 그리고 이 세계를 근본적으로 감지하고 이를 표현하기 위해서는 맨발로 추는 춤–'맨발의 시학'–이 필요하다.

이에 조성웅 시인이 생각하고 있는 존재론을 이렇게 말할 수 있겠다. 세계는 하나의 실체이면서도 독립적인 존재자들로 이루어진 다양체다. 다양체가 하나의 실체를 이룬다. 역설적인 존재론이다. 존재자들 모두는 각각 실체를 구성하는 데에 참여하고 있는 세계의 중심이어서 도리어 중심이 아니다. 모두가 중심들이라면 중심(中心)이라는 사전적 의미는 그 중심들에 적용될 수 없기 때문이다. 그래서 중심이자 중심이 아닌 모든 존재자들은, 「바람은 중심을 갖지 않는다」에 따르면, 근본적으로는 "중심을 갖지 않는 바람"과 같은 속성을 가졌다. 그래서 우리는 바람처럼 세계와 공명–시인의 용어로는 "공감의 연합"–할 수 있다. "비가 내리고 번개가 치면/그대 몸속에서도 번개가 치고 비가 내"릴 수 있고, "사방이 봄빛이라면/그대 몸속 두루두루 봄빛으로" 차오를 수 있다. 시인은 이러한 능력을 가진 우리의 근본으로 되돌아가라고 말한다. 그곳은 "자본주의로부터 가장 먼 곳"이다.

바람과 같은 존재자들, 그 래디컬한 존재자들을 조성웅 시인은 '마이너(소수자)'라고 부른다. 이들은 대의될 수 없는 이들이다. 하지만 노동운동 내에서도 이들의 힘을 박탈하려는 세력이 있다는 것이 조성웅 시인의 판단이다. 「백만 촛불 마이너」에서 시인은, 2017년 박근혜 퇴진을 위해 백만 촛불이 모였을 때 그 세력은 무대를 세워 촛불의 흐름을 제지하고는 촛불의 계급투쟁을 '계급화합' 쪽으로 '대의'–"나를 대신해 운명을 결정하는"–하고자 했다고 시인은 비판한다. 그 '마이너'는 "거리로 내쫓긴 투쟁하는 비정규직 노동자들"인데, 이들이야말로 "가장 먼저 촛불이 됐"지만 "발언권조차 얻지 못했다"고 한다. 그러나 이들의 "자립적인 몸짓들은" "스포트라이트가 비추는 무대를 우선적으로 폐지했"으며 "밀착되어 서로를 느끼"면서 "배제하지 않는 힘, 평평하고 너른 마당을 키워내기 시작했다"는 것이다. 그리하여 "스스로 결정하고 직접행동으로 비상"하는, "의회 없이도 운영되는 노동자 민주주의"가 그곳에서 실현되었다고 시인은 평가한다.

「백만 촛불 마이너」는 조성웅 시인이 생각하고 있었던 '급진적 민주주의'가 광화문 광장에서 실제로 실현되었던 투쟁 현장을 조명한다. 이 시가 실려 있는 2부의 시편들 대부분은 노동자들의 처절한 투쟁 현장—특히 고공농성—에 대한 주제를 담고 있다. 이 현장에서도 여전히 시인은 '마이너'가 주체가 되는 급진적 민주주의의 현현을 포착하고 이에 대한 시적인 사유를 펼쳐낸다. 해고 철회를 요구하며 408일 동안 굴뚝농성을 벌인 '차광호 동지'에게 바치는 시 「전망은 단절 없이 오지 않는다」에서도, 시인은 이 농성 투쟁을 지원하기 위해 "공인받지 못한 비정규직 노동자들이 가장 먼저 달려왔"음을 강조한다. 이들은 "포장 덮개 하나로 폭염과 비바람을 견디는 그 서러운 고통을/몸으로 이해하는 사람들"이다. 시인에 따르면 "노동자 민주주의가 오른 높이"는 "자본주의와 화해할 수 없는 가장 치명적인 음계"로 부르는 이들의 '떼창'에 달렸다.(이 시에서도 시인은 "통제되지 않은 아래로부터의 직접행동을 가장 두려워"하는 노조 '간부들'을 비판하고 있다.)

또한 조성웅 시인은, '현대중공업사내하청지회' 소속 '이성호, 전영수 동지'가 구조조정 중단과 블랙리스트 철폐, 하청노조 인정을 요구하면서 돌입한 고공농성을 지지하는 시편인 「생을 다해 사람을 꿈꾸었다」에서 아래와 같은 시적인 형상을 끌어내고 있는데, 이 형상은 그의 존재론이 투쟁현장에 결합하면서 이루어진 변용의 산물이다.

아프고 서러운 그대는 자기 몸의 지층에 참 많은 울음보를 저장하고 있다
참다 참다 못해 토해내는 울음만큼이나 뛰어난 치유력이 또 있을까
오래 운 그대 눈빛엔 자신을 표현할 물기 오른 언어가 산란되고 있었다
분노해야 할 때 행동할 수 있는 사람은 스스로를 치유하는 사람이다

다 견뎌낸 바닥이었다
한 번도 높이를 가져본 적 없었던 이성호, 전영수 동지는
기어이 허공에 뿌리를 내렸다
아무도 발 딛지 않은 곳조차 그들에겐 방법을 찾는 몸짓이었고
서로를 향해 웃는 것이 그들의 강령이었다
아주 특별하게도
허공은 기울어져 있지 않아 좋았다
수평을 이루는 데 한 생을 내어주고 싶었다
위계와 차별을 갖지 않는 바닥이었던 그들이
마침내 도달한 곳은

> 36.5도의 체온이 느껴지는 평평한 인간의 대지였다
> 모두 함께 살고 싶었던 곳, 맨발로 걸어보라
> 맨발에서 느껴지는 삶의 온도 속에서 생의 절정은 온다
> ──「생을 다해 사람을 꿈꾸었다」부분

하청기업 노동자는 기업이 쓰다 버리는 '소모품'이다. 기업은 이 노동자에 대해서는 해고의 자유를 마음껏 누린다. 해고 통보만 하면 그만이다. 위의 시가 전해주는 '그대'의 고통은 비정규직 하청노동자라면 누구나 겪었을 터, 비정규직 노동자라면 그 누구나 서러움과 분노로 인해 "물기 오른 언어가 산란되고 있"는 눈빛을 가져본 일이 있을 것이다. '이성호, 전영수 동지'는 그러한 삶의 '바닥'을 다 견디어내고는 고통의 삶을 양산하는 자본에 투쟁하기 위해 허공에 올라 고공농성을 하고 있다. 그들은 "분노해야 할 때 행동할 수 있는 사람"으로서 고통으로부터 "스스로를 치유하는 사람"이다.

조성웅 시인은 "한 번도 높이를 가져본 적 없었던 이들"의 고공농성에 대해 높은 "허공에 뿌리를 내렸다"고 시적으로 의미화 한다. "아무도 발 딛지 않은 곳"인 허공에 이들이 발을 디딤으로써 허공은 대지가 된다. 이들은 이 대지에서 "서로를 향해 웃"으며 뿌리를 내리고 자라기 시작하는 것, 대지는 이렇듯 대지가 아니었던 곳에 발을 디딤으로써 창출되기도 하는 것이다. 이 '허공─대지'는 자본에 의해 "위계와 차별"로 구획된 지상과는 달리 "기울어져 있지 않"다. 그곳은 "36.5도의 체온이 느껴지는 평평한 인간의 대지"로, "모두 함께 살고 싶었던 곳"이 된다. 시인은 이곳을 "맨발로 걸"을 때 '삶의 온도'를 느낄 수 있을 것이며, '생의 절정'이 오리라고 말한다. 저 허공

의 대지에서 인간의 체온, 즉 삶의 온도를 느낄 수 있는 것은 그곳이 지상의 바닥에서 고통 받는 이들 끼리의 사랑과 연대에 의해 창출되었기 때문일 것이다. 아래의 시는 이 '허공－대지'의 사람들과 지상의 사람들과의 어우러지는 현장을 아름답게 그려낸다.

옥천 광고 철탑 위에서 고공농성을 하고 있는
이정훈, 홍종인 동지를 만나러 가는 길

천의봉 동지는 하늘의 동지들이 먹고 싶어 한다고
햄버거를 샀는데
그만 마음이 차오르고 넘쳤는지 열 개나 사 왔다
복기성 동지는 과일 한 박스로는 성이 차지 않았는지
두 박스나 사 왔다

하늘의 동지들은 날 추운데 어여 천막 안으로 들어가라 하고
땅 위의 동지들은 우리가 올라갈 테니 어여 내려오라 한다

고공 농성자들이 고공 농성자들에게 전하는 단문 사이로
첫눈이 내렸다

난
저 첫눈이
다 전하지 못한 고온의 마음이 응결되어
서로의 마음을 조용히 헤아려보는 시간이라 생각했다

뜨뜻한 구들방처럼

심장은 심장을 이해했다

세상에 나지 않은 저 길을 걸어
아름다움에 닿고 싶다
— 「고공 농성자들이 고공 농성자들에게」 전문

　고공농성 투쟁을 조직했었던 지상의 노동자들이 고공농성 투쟁
을 하고 있는 허공의 노동자들을 찾아온다. 이들은 서로의 마음을
"뜨뜻한 구들방처럼" 너무도 잘 이해하고 있다. 심장의 온기로 서로
를 이해하기 때문이다. 그래서 "마음이 차오르고 넘"쳐서 햄버거나
과일을 넘치도록 사 오는 것, 이러한 사소한 마음 씀씀이가 "고온의
마음"을 허공에 전달한다. "날 추운데 어여 천막 안으로 들어가라"는
허공의 노동자들과 "우리가 올라갈 테니 어여 내려오라"는 지상의
노동자들. 이러한 서로의 마음이 "세상에 나지 않은" 길을 지상과 허
공 사이에 만들어낸다. 그리고 이 길 위로 '첫눈'이 내린다. 시인은
이 눈이 "다 전하지 못한 고온의 마음이 응결"된 것이라고 생각한다.
고요히 내리는 눈-응결된 마음-은 "서로의 마음을 조용히 헤아려
보는 시간"을 이 세상에 아름답게 가져온다. 이 아름다움이 조성웅
시인이 품고 있는 미학일 것이다.
　첫눈으로 현현하는 사랑의 마음이 겨울의 세계를 따뜻하게 한다.
이 마음들은 착취의 세계에 저항하는 봉기의 바탕이 된다. 그때의
봉기는 하늘을 덮을 듯이 내려오는 '대설'처럼 현현한다. "쳐서 거꾸
러뜨리는 것만이 아니"라 대설처럼 "더 낮은 곳으로/내려/상처를 덮
어주기도 하는"(「대설」) 봉기. 그 봉기는 심장의 온기를 "언 땅/떨고

있는 뿌리들"에게 전달한다. 그리하여 눈 쌓인 지상은 "한 덩어리의 체온이 되"어 하나의 대지로 형성될 것이다.

4

1부의 시는 주로 조성웅 시인이 노동하고 있는 현장에서 이루어진 시를 담고 있다. 이 시들은 그 자신이 비정규직 노동자로서, 비정규직 노동자들이 겪고 있는 고통스러운 상황을 직접 체험하면서 쓴 시들이다. 그렇기에 바로 옆에서 같이 생활하면서 비정규직 노동자들의 노동 현장을 구체적으로 투시할 수 있었을 것이다. 그래서인지 1부의 시편들에서 그들에 대한 형상화는 핍진하고 구체적이다.

한편, 조성웅의 시에서 좀처럼 볼 수 없었던 비관이 1부의 시에는 나타나기도 한다. 특히 1부 후반부에 실린 시들이 그러한데, 그만큼 시인이 비정규직 노동자가 처한 비참한 상황을 절감했기 때문이 아닐까 한다. "하청의 재하청인 사내들이 뼈마디 성한 곳 없이 서로 경쟁하고 있"(『새벽 여명은』)어야 하는 상황 말이다. "정규직은 코빼기도 보이지 않"은 "주휴일", 이들은 "물량을 달성하기 위해 서로 짜증 내고 윽박지르고 화내"면서 노동해야 한다. 이들은 "명령이 당연하"다고 여기며 "명령에서 벗어날 생각"(『새벽 여명은』)을 조금도 하지 못한다. 비정규직 노동자들은, "질문은 징계를 각오해야 하고/주장은 한 순간에 밥줄을 끊기게도" 하기 때문에 '자발적'으로 "오직 명령에 따라 움직이는 수인"(『자발적 복종』)이 될 수밖에 없다. 이들에게 "공장 밝은 외로울 틈도 없이 곧바로 두려워"(「눈물도 단단해져가는 것이다」)지기 때문이다. 일자리가 없다는 것은 자신뿐만 아니라 가족에게 갖다 줄 돈을 벌지 못한다는 것, 자신과 가족이 먹고 살기가 막막해진다는 것을 의미한다. 그래서 시인은 다음과 같이 탄식하면서도, 한편으로 어떤 단단해짐도 가능하리라고 생각한다.

> 이윤을 생산하는 데 아무런 지장을 주지 않았으므로
> 어떤 삶도 바뀌지 않을 것이다
> 당신을 함부로 대해도 어떤 권리도 갖지 못할 것이다
>
> 망국의 나라여
> 아직도 멀기만 한 단결이여
> 켜켜이 쌓이는 것이 어디 소소한 불화와 다툼, 불안정,
> 체념뿐이겠느냐
>
> 너무 울어 텅 비어버린 삶에
> 내리는
> 대설처럼
> 눈물도 단단해져가는 것이다
>
> ─「눈물도 단단해져가는 것이다」 부분

자발적으로 복종하는 노동자는 자본의 이윤 축적에 어떠한 위협도 되지 않는다. 그래서 그는 어떠한 권리도 갖지 못할 것이며 삶의 변화 역시 가져오지 못할 것이다.(자본은 '자발적으로' 노동자에게 권리를 주지 않는다.) 단결은 "아직도 멀기만" 하다. 그렇다고 시인은 자신의

권리를 찾지 못하는 비정규직 노동자들을 비난하거나 깨우쳐주려는 자세를 취하지는 않는다. 그 역시 저 상황이 자발적 복종을 불가피하게 만들 정도로 교묘하게 가혹하다는 것을 잘 알고 있다. 그 자신 역시 "절망도 희망도 너무 낡은 것"임을 알고 있으며, 그의 "이미 축축해진 몸에"도 "한기 같은 독한 마음이 들어"찰 뿐 "오래도록 젖지 않"(「한기 같은 독한 마음이 들어찬다」)는 것이다. 독기만 있고 젖지는 못하는 몸과 마음은 자신 안에 타인을 들이지 못한다.

그러나 조성웅 시인은 이 지옥 같은 상황에서 어떻게든 전복의 열쇠가 되는 이미지나 형상을 찾아내는 것이, 변혁 의지를 버리지 않고 있는 노동자 시인으로서의 임무라고 생각하는 듯하다. 위의 시에서도 그는 불평등과 생존 위협에 몰려 사는 비정규직 노동자의 "너무 울어 텅 비어버린 삶"이 도리어 그들의 눈물을 '대설'처럼 단단해지게 만들고 있음을 포착한다. 텅 빈 삶에는 독한 한기뿐만 아니라 공감도 스며들 수 있는 공간이 마련되기 때문일까. 시인에 따르면 이들은 "서러운 비정규직끼리" 밥을 먹으면서, "대부분 눈물로 빚어진" "속 편한 웃음"으로, "체온을 따라" "번지고 안아 스"(「공감은 체온을 따라 흐른다」)미는 공감을 나눈다. 이때 이들의 "아픈 곳곳"은 "든든해지는 것"(같은 시), 이 공감에 따른 든든함이 텅 비어버린 삶을 채우고 단단하게 만들어줄 것이다. 그래서 노동 현장에서 "젖은 담배를 건네며 웃는 그의 모습이 강해 보"이는 것인데, "그의 웃음이 번"지면서 "상처 깊고 상한 마음 흘러 그대 체온에 가닿"음으로써 "삶이 아물고 있"(「둥근 씨앗」)기 때문이다. 그리고 이를 통해 다른 삶과 세상의 싹이 돋기 시작한다. 노동 현장에서 이러한 싹을 발견하고 시화(詩化)하는 것, 이것이 시인이 현재 생각하고 있는 노동자 시인으로서의 할 일인 바, 아래의 시 역시 그 싹을 발견하고 시화한 시라고 하겠다.

> 휴게시간
> 배관 자재 더미 위에 아버지와 아들이 나란히 앉아
> 대화를 나누고 있었다
> 그들에게 봄볕이 스며
> 따뜻하고 참 고왔다
>
> 다정(多情)이었다
>
> 짐승처럼 일만 하다 지쳐 쓰러져가는 날에도
> 몸 기대어 울고 싶은 건 다정(多情)이었다
>
> 사람을 함부로 대하지 않는 도비반장이 좋았다
> 한 번은 살아보고 싶은 계절의 색감이었다
>
> 거칠고 위험한 플랜트 현장에서도 현빈 씨는 웃음을 잃지 않았는데
> 그는 웃을 때 가장 빛났다
>
> 비정규직은 대를 이어 비정규직이 됐지만
> 남을 짓밟지 않았고 명령하지도 않았다
> 오히려 다정(多情)이었다
> 질문과 대화였다
> 가난을 배반하지 않는 삶이었다

현빈 씨와 함께 현장으로 일하러 가는 길이 그렇게 좋았다
함께 보폭을 맞추는 건 설레는 일이었다
때마침 봄볕을 품은 홍매화가 절정을 향했는데
그 꽃빛에 단결이라는 이름을 지어주고 싶었다

　　　　　　　　　—「가난을 배반하지 않았다」 전문

　대부분의 노동은 기계적이고 권태롭다. 즉, 먹고 살기 위해 강제로 해야 하는 '소외된 노동'이다. 하지만 그럴수록, 그 비시(非詩)적인 노동의 생활 속에 숨어 있는 시적인 것을 발견하는 일이 중요하다. 그래야 소외된 노동의 현장 속에서 그 소외를 전복할 수 있는 잠재력을 길어 올릴 수 있다. 조성웅 시인이 1부 전반부에서 그려내고 있는 노동 현장의 시들은 전복적인 잠재력의 시적 발견을 행하고 있다. 역시 그러한 발견을 보여주고 있는 위의 시는 부드럽지만 강건한 힘을 내장하고 있다.

　"가난을 배반하지 않았다"는 것, 그것은 가난에도 불구하고, 아니 도리어 가난하기 때문에 삶의 진정성과 아름다움을 배반하지 않았다는 의미이리라.(그렇다고 청빈을 찬양하는 시는 아니다.) 물론 시인과 저 '현빈 씨' 부자는 "짐승처럼 일만 하다 지쳐 쓰러"지는 비정규직 노동자의 고통스러운 삶을 살고 있다. 하지만 그러한 노동 속에서도 '다정(多情)'이 존재한다는 것을 시인은 발견한다. 그는 한 공장에서 일하는 아버지와 아들, 모두 비정규직이고 그래서 가난한 이 부자가 휴게시간에 나란히 앉아 봄볕을 받으며 대화를 나누고 있는 것을 포착한다. 그 모습은 시인의 마음을 따스하게 데우고 다정을 느끼게 한다. 시인이 "몸 기대어 울고 싶은" 이 다정은, 비인간적인 노

동의 나날을 그가 견디게 해줌과 함께 이 시대 노동자의 전망을 열기 시작한다. 전망은 저 부자의 다정을 바탕으로 열리며, 또한 '현빈 씨'가 보여주듯이 웃음을 잃지 않는 넉넉함과 강건함—가난을 배반하지 않는—을 바탕으로 열린다. 가난한 이들의 다정과 웃음이 발산하는 따스한 빛이, 도래할 봄을 비추기 때문이다. 그 따스한 빛은 "봄볕을 품은 홍매화"가 발산하는 '꽃빛'으로 환유되고, 시인은 봄을 아름답게 선취하고 있는 그 꽃빛에 대해 "단결이라는 이름을 지어주고 싶"어한다. 노동자들의 다정과 웃음이 빚어내는 꽃빛이 비추어낸 전망이란 시인에겐 '단결'이었던 것, 위의 시는 노동자의 단결이라는 정치적 내용을 서정적이고 따스하게, 부드럽고 아름답게 자신 속에 녹여내고 있다.

조성웅 시인은 휴게시간에 대화를 나누고 있는 저 부자의 모습에 대해 '홍매화'의 아름다움을 느낌과 동시에 "우리 시대의 가장 첨예하지만 봄볕처럼 따뜻한 벽화"(위의 시에 달린 주에서 인용)를 본다. 그에게는 가장 비인간적이고 폭력적인 조건에 놓인 삶—"일만 하다가 지쳐 쓰러져가는" 삶—이야말로 이 시대의 '첨예한 지점'이다. 그 첨단점은 이 시대의 비밀을 드러냄과 동시에 이 시대의 전복으로 넘어갈 수 있는 지점이다. 그런데 시인은 우리 시대를 전복할 수 있는 가능성의 "가장 첨예"한 지점을 "가난을 배반하지 않"은 비정규직 노동자 부자의 다정하게 대화하는 장면에서 포착해내고 있는 것이다. 아래의 시에서 실현되고 있는 '체온 같은 대화' 역시 가장 첨예한 지점에서 자라나는 '불복종'의 씨앗을 보여준다.

젖은 몸을 모질게 대하기엔 살아가야 할 날이 너무 서러웠다

작업을 마치고 함께 저문 퇴근길을 걸을 때면
지쳐 보이는 그대 등에 손 얹어주고 싶은 날이 있다
서로를 품기 위한 응결된 마음의 지도,
내 살에 맺힌 땀은 생의 둥그런 비밀을 요약하고 있는지도 모
른다

쫓기듯 일하다
단내 나는 눈빛이 서로 마주칠 때가 있다
오직 웃음으로만 서로를 격려할 때가 있다
그렇게 말 한마디 없어도 체온 같은 대화가 시작되는 때가 있
다
정드는 순간이다
경쟁이 멈추는 시간이다

4인치 그라인더여 파이프여 엘보여 플랜지여 밸브여 직각자
여 망치여 스패너 볼트 너트여
정드는 건 함께 겪어내는 일이다
둥근 땀의 통로를 따라 잠시 웃는 것만으로도 악몽 같은 질서
에 균열이 생기고
귀 기울여 듣는 체온 같은 대화 속에서 불복종이 자라는 경이
가 있다

— 「체온 같은 대화」 부분

비정규직 노동자에 대한 착취, 강요되는 굴종, 배제가 일어나고
있는 우리 시대의 처절한 노동 현장은 이 신자유주의 사회의 뜨거
운 핵이자 비밀인 첨단점이다. 이 현장은 이 사회의 정당성이 파괴
되는 장소가 되어가고 있다. 인용되지 않은 위의 시의 전반부에서

조성웅 시인은 이 공장을 "악몽으로 축조된 성"이라고 표현한다. 이 시 전반부는 노동 현장이 비정규직 노동자에게 얼마나 비인간적인 곳인지 간명하면서도 처절하게 보여준다. 그곳은 "굴종의 일자 사다리를 타고 올라가야" 하며 "소박한 인간에 대한 예의조차 인정사정없이 버려"지는 곳, 비정규직 노동자들이 '수두룩하게' 해고됨에도 "누구도 관심을 갖지 않"는 곳이다. "공장 밖은 실업의 나날"이어서, "너 죽고 나 사는 경쟁 속에서 목숨은 더욱 사소해졌"기에 이들은 "수많은 징계로 이뤄진 현장 통제"에 따를 수밖에 없다. 이 '헬조선 바닥'의 맨 얼굴인 '악몽의 성'에서 일을 마치고 "공장 정문을 걸어 나올 수 있"다면, 그것은 "우연찮게 살아남"는 일이다. 시인에게 더욱 마음 아픈 일은, 동료 노동자들이 "아무도 날 기억해주지 않"는 현실이다. 그들은 서로에 대한 예의도, 관심도 자라나기 힘든 경쟁 체제에 놓여 있기 때문이다.

하지만 시인은 이곳에서 노동자들의 관계가 비인간적이지만은 않다는 것을 조금씩 감각적으로 인지한다. "쫓기듯 일하"면서 가끔씩 마주치는 눈빛과 미소로부터, 그는 "말 한마디 없어도 체온 같은 대화가 시작되는 때"를 감지하는 것이다. 시인은 이 "정드는 순간"에서 "경쟁이 멈추는 시간"의 순간적인 도래가 이루어졌음을 깨닫는다. 그리고 이 지옥 체제의 채찍인 강요된 경쟁이 멈추는 그 순간, 서로를 마주보면서 "잠시 웃는" 그 순간에 "악몽 같은 질서에 균열이 생"긴다는 것을 인식한다. 시인은 이 "체온 같은 대화"에 귀 기울일 때 자본에의 예속으로부터 벗어나려는 "불복종이 자라는 경이"가 들리기 시작한다고 말한다. 그는 이 경이로부터 악몽 같은 노예 체제를 "함께 겪어내는" 연대의 가능성을 붙잡는다. 나아가

다른 세상에 대한 전망도 포착한다. 이 세상이 도래할 가능성은, "서로를 품기 위한 응결된 마음의 지도"인 서로의 "살에 맺힌 땀"－ "생의 둥그런 비밀을 요약"하는－을 비정규직 노동자들이 함께 인지하고 "체온 같은 대화"를 해나갈 때 그에게는 점점 더 분명해질 것이다.

조성웅 시인은 이렇듯 노동 현장에서 동료 노동자와 만나고 그를 관찰하면서 삶의 자세와 경쟁 체제에서 탈주할 수 있는 다른 삶의 가능성을 겸손하게 깨우친다. 그럼으로써 가혹한 '악몽의 성'에서 갖게 되는 비관으로부터 벗어난다. 어머니로부터 배운 '곁의 정치'가 발동한다. 그 과정은 생각처럼 쉽게 이루어지지는 않는다. 손쉽게 예상해보는 전망은 한갓 관념론에 따르는 것이다. 「석진 씨가 통증 깊게 말했다」에서 "박근혜 씨가 구속되는 날/공장 담벼락 한편에" 피기 시작한 '홍매화'의 매혹도 강도 높은 노동 속에서는 시인에게 "위로가 되지 않는"다. 부패한 정권은 몰락했지만 그렇다고 노동 현장과 노동자의 삶은 달라지지 않았기 때문이리라. 이에 그는 "꽃봉오리 앞에서 서툰 예감보다는 뿌리로 돌아가는 긴 도정을 생각"한다. 그 도정은 "경쟁을 허용하지 않기 위해" "공감에 이르는 바닥에서 바닥으로" 사는 과정이기도 할 것이다. 현재 조성웅 시인은 이 긴 도정에 들어선 것으로 보이는데, 그 길은 "평등에 대한 예민한 귀"로 동료 노동자 곁에서 그의 말을 듣는 것에서부터 시작한다.

「석진 씨가 통증 깊게 말했다」에서 시인은 동료 노동자 '석진 씨'의 질문과 말에 귀 기울이고 생각한다. "놀 수 있을 때 어떻게든 더 놀고 싶은 나"와는 달리 "한 푼이라도 더 벌려는 석진 씨 마음을 조용히 헤아려" 보고 그의 "눈빛 곁에 내 마음을 가만히 내려놓는" 것이다. 이 조용한 대화 역시 조성웅 시인에게는 시적이라고 할 수 있겠는데, 그 대화 속에는 현재의 상황을 넘어설 수 있는 전복의 씨앗이 자라고 있기 때문이다.(그래서 이 시는 대화 자체를 시로 만드는 흥미로운 시법을 보여준다.) 시인과 '석진 씨'는 노동에 대해 다른 마음을 갖고 있지만, "정권도 바꿔냈는데,/주말 다 쉬고 하루 6시간 일해도 먹고 살 수 있어야" 된다는 석진 씨의 말에는 같은 마음이다. 시인 역시 노동이 "6시간이 넘어가면 온몸이 아프"니 말이다. 시의 마지막 행이 말해주는 바, "하루 6시간 노동제 쟁취"는 100년 전 러시아 노동자들이 내걸었던 구호로, 여전히 이루어지지 않은 권리다. 노동자의 삶의 질과 직결되는 이 노동시간의 문제에 대해서는, 노동 현장의 바닥에 있는 석진 씨와 시인이 공감에 다다른다.

이러한 공감 형성이 '단결'이라는 전망의 바탕, 또는 집단적인 춤을 추기 위한 대지가 되어줄 수 있을 것이다. 그것은 시인의 말에 따르면 "스스로 광장이 된 다중(多衆)이 다중(多中)의 시대를" 열기 시작하는 일일 것이다.

5

노동자의 곁에서, 그리고 바닥으로부터 정치적 전망을 찾고자 하는 조성웅 시인은, 오랜 노동으로부터 체득한 어떤 노동자의 기예(art)와 그 '역능'으로부터 삶의 기예와 역능을 배워나간다. 제5회 박영근작품상을 수여한 아래의 시는 한 노동자가 보여주는 노동의 기예로부터 허공에 펼쳐지는 수평의 대지를 포착한다.

>   끝내
>   그는 한 뼘 남짓한 H빔 위에 모로 누워버렸다
>   그의 등 뒤에는 10미터 허공이 펼쳐졌다
>
>   가장 위험해 보이는 자세가 그래도 용접을 하기엔 최선의 자
>   세
>   그는 허공조차 안전 지지대로 사용하는 법을 안다
>
>   저녁 밥상 앞에 앉기까지
>   위험에 익숙해져갔지만
>   그는 삶의 안전을 위한 최고의 역능을 숙련해야 했는지도 모
>   른다
>
>   난 한 뼘 남짓한 H빔 위에 모로 누운 그의 모습이
>   목숨을 살리는 방법 같고 공동체를 위한 끈질긴 질문 같고
>   이판사판 한번 붙어 보자는 고공농성 같았다
>
>   허공은 모로 누운 그의 모습을 닮아 수평을 이루었다
>   ―「위험에 익숙해져갔다」 전문

위의 시에서 조성웅 시인은 "이 야만의 세계"에서 "삶의 안정을 위한 최고의 역능을 수련"한 동료 노동자의 기예로부터 "허공조차 안전 지지대로 사용하는 법을" 배워낸다. 추락을 두려워하지 않고 "한 뼘 남짓한 H빔 위에 모로 누워버"림으로써, 즉 "가장 위험해 보이는

자세"로 "용접을 하기엔 최적의 자세"를 잡아내는 법, 그것은 "위험에 익숙해"짐으로써 위험을 넘어서는 법이다. 그것은 "이판사판 한번 붙어 보자는 고공농성"과 같은 투쟁과도 상통하는 것인데, 시인은 그것이 아찔한 허공과 수평을 이루는 방법임을 포착한다. 용접을 위해 허공에 걸려 있는 H빔 위에 모로 눕거나 투쟁을 위한 고공농성 모두 허공처럼 수평이 되는 것, 아니 허공을 수평의 대지로 만드는 것이란 공통성을 갖고 있다는 것이다. 이에 따르면 두려움을 버려 위험에 익숙해지고 자신이 위험 자체가 되어버리는 것이 도리어 우리의 삶을 위험 속에 내동댕이치는 이 "야만의 세계"에서 "목숨을 살리는 방법"이다.

삶을 위험에 빠뜨리는 노동 현장에서 도리어 삶의 비전을 발견하는 것, 그것은 노동자로서의 존엄을 찾는 길이기도 하다. 저 고공 현장에서의 노동은 소외되고 위험한 것이지만, 그러한 노동으로부터도 자본에 포섭되지 않는 노동자의 창의력과 생명의 힘이 발휘되어 반짝인다. 노동자를 도구화하는 어떠한 극한의 노동 환경에서도 노동자의 삶과 능력은 자본에 완전히 장악되지는 않는 것이다. 그렇기에 위험한 노동 속에서도 살아있는 노동의 창의력과 비전을 발견한다는 것은 노동자의 존엄성을 인식한다는 것이요, 그 발견 현장은 시적인 것이 번뜩이는 삶의 현장, 시의 현장이 된다. 바로 삶을 포획하는 갖가지 틀로부터 넘쳐나는 생명의 힘이야말로 시적인 것이기 때문이다. 이때 포획으로부터 탈출한 노동의 기예는 시를 형성하고 시는 노동의 비전(전망)을 제시한다. 포획장치로부터 둘러싸여 감추어진 그 시적인 잠재력을 발견하는 것이 조성웅 시인의 시적 상상력이다. 이 시대의 노동 현장으로부터 시를 길어내는 조성웅의 시는, 악몽의 성과 같은 이 세상에 저항하기 위해 저 노동자처럼 허공에 수평의 대지를 만들어내는 '시의 고공농성'이라고 하겠다.

李城赫 | 문학평론가

푸른사상 시선 127

중심은 비어 있다